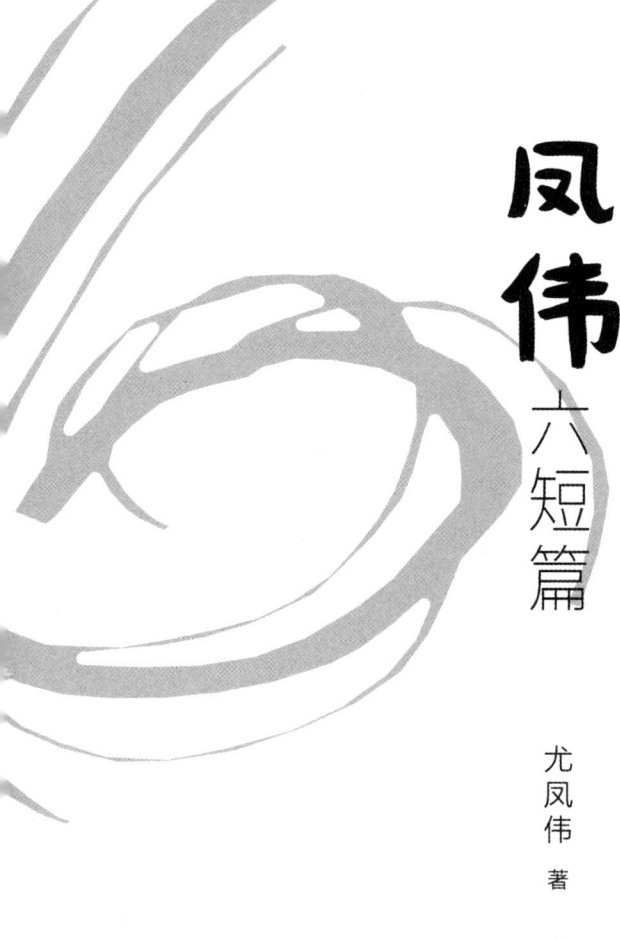

短篇經典文庫

凤伟
六短篇

尤凤伟 著

海豚出版社

图书在版编目（ＣＩＰ）数据

凤伟六短篇/尤凤伟著. —北京：海豚出版社，2014.9（2024.4重印）
（短篇经典文库）
ISBN 978-7-5110-2241-7

Ⅰ.①凤… Ⅱ.①尤… Ⅲ.①短篇小说－小说集－中国－
当代 Ⅳ.①I247.7

中国版本图书馆CIP数据核字（2014）第221380号

总发行人：王　磊
策　　划：林建法
责任编辑：慕君黎
美术编辑：吴光前
责任印制：蔡　丽

出　　版：海豚出版社
地　　址：北京市西城区百万庄大街24号
邮　　编：100037
电　　话：010-68325006（销售）　010-68996147（总编室）
印　　刷：涿州市荣升新创印刷有限公司
经　　销：全国新华书店及各大网络书店
开　　本：32 开（680毫米×950毫米）
印　　张：5.75
字　　数：70 千
版　　次：2014 年 10 月第 1 版，2024年4月第 3 次印刷
标准书号：ISBN 978-7-5110-2241-7
定　　价：40.00 元

目　录

1　　　　风雪迷蒙

31　　　　彼　岸

58　　　　门　牙

92　　　　幸福的味道

114　　　晒　画

146　　　残余时间

风雪迷蒙

　　五个准寡妇冒雪上路了。目的地是三十里开外的刘夼煤矿。

　　世上有寡妇，活寡妇，老寡妇，小寡妇，没听有准寡妇一说，这说法透出一种不善的阴毒，只是这五个急匆匆往矿山奔去的女人的真实情况是：男人眼下正被埋在地底下，死活不明，而且即使活着最终也难逃一死，对于此时此刻的她们，称之为准寡妇确再恰当不过。

　　她们一大早就出了村，天阴着，不晓得日头出没出山。风又冷又急，吹得雪粉在半空中飞扫，吹得她们像没了脚跟，摇摇摆摆。说起来她们并不是弱不禁风的女子，常年的劳作使她们个顶个像头壮实的母牛。可自从噩耗传来，天塌地陷，自己也如同自己男人那样被埋葬了，人整个地垮了。

走在最后面的是满玉。她是五个女人中最年轻最标致的，也是唯一没有孩子的，当然说她没有孩子也欠准确，她有，在肚子里，是男人回家过年怀上的，眼下说这事除了自己还没人知道，包括男人永利。这当间她和永利通过电话，几次要讲，可终未讲出口，许是考虑到这个消息对身为独子的永利太过重大，听了会不顾一切地往回跑，她不想因为这个让他旷工，要知道孩子出生后花钱的地方会很多。另外，她似乎还有点舍不得将这个秘密泄露，让它留在心里像一块糖慢慢融化，甜蜜无比，只是这甜蜜的时间太过短暂。

满玉是昨天晌午被广播喇叭喊到村委会的，去的不单她，还有本村另外几个女人，就是李兰，宫花，黄艳丽，还有紫英。一打照面，满玉的腿立马瘫软了，赶紧用手扶住门框才没让自己倒下，她感到窒息。心"嘭嘭"地狂跳。她看得出，来的这些女人的男人都和永利在一个煤矿下井，召成块儿，头脑再迟钝也会想到是矿上出了事，况且出事也不是头一遭，两年间村里已有三个男爷们在矿难中送了命。满玉想到今番摊在自家男人身上，立时觉得天崩地裂，精神完全崩溃了，后来大嘴村主任讲话，矿上来的一个小白脸讲话，唯见嘴皮一张一翕，吐出的音却啥也听不见，甚至连别的女人的号啕大哭也完全听不见，那一刻，唯有一念在撕裂着她的心：永利死了，永利死了，他还不知道自己有后了啊，他，他太惨了……

女人们顶着风雪艰难前行，哈着腰，歪着头，进三步退两步，她们得这么走到七里开外的镇上，再坐小客到另一镇，在那里再换一次车才能去到刘夼煤矿。眼下她们走的是一条乡间山路，曲曲折折，高低不平，又被雪覆盖，女人们只能排成单行鱼贯而行。雪将她们的通身染白，远远看去，活脱脱一支身着孝服的出殡队伍，事实上她们正是一伙送葬人，只不过是为活人送葬。

这么顶风冒雪走了两三里，女人们就走上一条机耕路，只因天气恶劣，路上不见人和车的踪迹，空空荡荡。走在最前面的宫花缓下脚步，等着后面的伙伴跟上来。宫花是从邻县嫁过来的，因脸盘大被人叫着大脸宫花，刚结婚时随男人双泉在矿上干杂活，后来一胎生了两个男孩，就回家了，因没有家底，承包的地不够数，日子穷得厉害，三间老房子没钱翻修，说倒就倒。宫花直等到最后面的满玉跟上来，才开始又往前走，边走边说："到了镇上，都等等俺，俺要去百货公司买双棉鞋。"贴她身边走的李兰问："你脚上不是穿的鞋吗？"宫花说："是给俺家双泉买。"几个女人一齐用哭得红肿的眼瞪向她，像看一个神经病。可不，宫花说的整个是疯话，男人给埋在地底下，死就死了，不死矿上也不打算抢救了，真正的活不见人死不见尸，买鞋有啥用呢？许是看出伙伴的惊讶，宫花解释说："今黑下俺梦见了双泉，他和一伙人在野地里往前走，他看见俺转脖吆声宫花你赶快给我买双鞋，俺往下一看，是赤着脚，赶紧问双泉你的鞋呢？他说掉了，俺又问双泉你要去那儿？他瞪了俺一眼，吼：'小贱人，装啥糊涂，俺去哪儿你还不知道么？'俺就给吓醒了。"几个女人也像给吓着了，低下头，心里惴惴的，从宫花梦里双泉对她愤怒态度，想必是已晓得自己面临的处境：自己的女人为多拿死亡补贴已同意了矿上的意见，不再抢救了。女人们从宫花的梦，自然而然想到自家的男人，尽管没像暴脾气的双泉那般托梦怒骂，肯定也心有怨恨。

女人们的思绪不由得又回到昨天，那个矿上来的自称是地质专家的小白脸，对她们咬钢嚼铁，说这次矿难情况特殊，唯一的抢救办法是挖一条通矿洞作业面的地道，可由于距离过长石质太硬，即使用最先进的设备，也得花二十天才能打通，要知道人不吃不喝不可能活这么久，所以救也白搭，矿上的意见是从实际情况出发，不再实施抢救，除按规定发放矿难补贴，再将省下来的抢救费用补偿给每个死者家属五万元，同意就去矿上签字画押领钱，条件是死者家属必须全部同意，少一个也不成，还不得将这次矿难对外界泄露，把事私了。开始没人肯答应，哭着嚷着向小白脸要人，可到最后，经不住小白脸一遍一遍将"人是死定了"说成"铁的事实"，还有想想这五万块也真不是个小数目，不要亏大了，女人们也就同意了，于是在小白脸的催促下，匆匆上了路。

"你们说，矿上答应给的补偿不会变卦吧？"问话的是李兰，李兰是女人中间个子最高，而模样最差的，脸宽下巴短，像一把铁铲。李兰替男人生了一个闺女，可男人还想再要一个儿子传宗接代，不知怎的李兰再就怀不上，弄得男人和公婆对她鼻子不是鼻子眼不是眼，还放言，要是两年内还生不出儿子就离婚。她害怕离婚，那样她就会被赶出家门，整个儿鸡飞蛋打，这种养不出儿就滚蛋的事在四邻八乡也不少见。也许正是考虑到这种危机，李兰是比较痛快同意放弃抢救的一个。

"小白脸说矿主有的是钱，哪能变卦呢？再说他还怕咱们把这事捅出去呢，那他就倒霉了。"回答的是紫英，紫英姓邵，模样挺俊，山后邵家村娘家，紫英是她们当中孩子最多的，三女一男，因违反计划生育被罚个精光，大冬天四个孩子只有两套棉袄棉裤，两个出门另两个就只得待在家里，旧社会的老套故事竟出现在今天。紫英说话时不看李兰，而是把脸转向侧后方的黄艳丽，因为她知道黄艳丽是反对矿上意见的，直到上路前还别扭着，她把矿主不会变卦的话冲黄艳丽说，目的只在怕黄艳丽中途变卦。

紫英想得不错，一路上黄艳丽悲伤如初，闷声不语，黄艳丽比满玉稍大，长一张娃娃脸。听了紫英的话她横了她一眼，反问："二十天不吃饭，一准就能饿死？俺不信。"

迎面有股雪尘朝她们直扑过来，都一齐缩了脖子并努力将身体前倾，即如此，袭来的风雪仍将她们刮得趔趔趄趄。

刚一站定，紫英便就黄艳丽的疑问发表自己的看法，且理据充足，她说："二十天不死那是不可能的。先成（她男人）对俺说过他遇上的一桩事，他说在部队当兵时，村里有一对男女钻进部队刚被覆好的坑道里胡搞，忘了时辰，地道的大门给关了。按规定，地道的门半个月开一回透气，再开，就发现有人给关在里面了，两个人直挺挺抱成块儿，死了。你看，半个月就是这个结果，二十天还能活出来？"

一直沉默不语的满玉忍不住说："人可不一样，有人命大有人命小，电视里演有人给关在铁笼子里，四十天不吃不喝，最后活着出来了。"

紫英不屑地哼了声，说："俺也看了，那是变魔术，全骗人的。"

李兰说："魔术都是假的，当不得

真。"

满玉不吭声了，她知道李兰紫英她们的主意已打定，再说什么也听不进去。她又回到自己的心事中：就是永利一旦死了，自己肚里的孩子咋办？留还是不留？依自己和永利的感情，应该把他的根留下，问题是永利不会知道了，又有什么意义呢？反倒给自己今后的日子带来艰难，或许连嫁也改不了。这念头刚一闪过，满玉立马意识到自己的自私，男人死活不明，自己便想他身后的事实在是问心有愧。满玉谴责着自己，又听李兰问宫花："你才刚说男人给你托梦，你想想，梦里和双泉一块走的有没有俺家传本？"

"哦，哦。"宫花一边应声，一边回想着那个梦，好像是黄昏，天地间光线昏暗，双泉那伙人低着头匆匆赶路，从她跟前过去双泉才回头向她要鞋，说话时其他人没回头，只顾走，当中到底有没有李兰的男人传本自己没看清。

"好像，好像有，有传本。"宫花说，她不晓自己为啥要说谎，反正就觉得应该这么说。

李兰"噢"了声，用手摸摸锨铲样方脸上的雪。

"那，那，有没有俺家永利呢？"满玉向宫花身边靠靠，望着她的大脸问。

"啊，有，有永利。"宫花回答。

"那有没有俺家先成？"邵紫英问。

"有，也有先成。"

"广东呢？俺家广东呢？"黄艳丽急问。

"广东也有，都有。"宫花索性把谎撒到底。

一时间哑声。只有风雪肆虐鸣吼。

"他们死了，都死了！"李兰首先打破沉默。

"人是死了，死了才能给活人托梦呵。"紫英说。

"对，在宫花梦里的不是活人，是鬼魂，急急赶路，去阎王那里报到啊。"李兰说。

黄艳丽"哇"的一声哭了。

"别哭啦！"李兰转脖朝黄艳丽吼，"哭，就知道哭，哭有啥用，把死人能哭活了？再说了，人也没白死，人家矿上总共给二十五万，你干嘛不想想这个？！"

不晓是被李兰震住，还是钱在意识中起到作用，黄艳丽止住哭。

这当儿传来一阵机器声，女人们赶紧回头，见一辆手扶拖拉机从后面驶过来，开车的像叫雪封了眼，拖拉机醉汉样，一扭一晃，女人赶紧向路边躲闪，不料拖拉机却停在她们身旁，开车的抹抹脸上的雪，露出一张冻得像猪肝的脸。问声："去哪儿？"

"镇。"宫花也抹抹大脸。

"上不上？"猪肝脸问。

"要不要钱？"宫花问。

"一人两块。"

"哈，这么贵？"宫花连连摇头。

"哼，这年头两块钱能干个啥，还嫌贵。"猪肝脸愤愤说。

"也快到了，一块钱中不中？"紫英讲价钱。

"不中。"猪肝脸很不耐烦，做出要立马开车的架势。

"坐吧，坐吧。"满玉悄声说，她有身孕，走得很吃力，也担心流产，那样在这冰天雪地里可是一点办法也没有。

"坐啥，顶多还有三四里，干嘛花这冤枉钱。"李兰反对。

"不坐。"宫花赞成，"客车还早，走了去也不耽误。"

想捡外快的猪肝脸见没望，恶狠狠说，"你们这个抠娘们儿，冻死也没人可怜！"说毕一踏油门，拖拉机开去，留下一股浓浓的黑烟。

烟尘散去，她们看到了远方隆出地面的白色乡镇。

赶到镇上，雪还在下，风却小了。女人们穿过镇街来到公路边上的乘车点。以前叫汽车站，一个人称吕站长的老头儿管卖票上行李，后来私家小客取代公家大客，车站取消了，吕站长走了，车站小屋让一个哑巴租了开起杂货铺。满玉对这个车站怀有一种特殊的感情，三年前嫁永利，就是在这里下的车，迎亲队伍在这里敲锣打鼓迎接她，然后又坐上一辆永利不知从哪借来的桑塔纳，那是她这辈子头一回坐小轿车。再后来每次回娘家都会在这里坐公共车，可以说这里是她人生一个很重要的驿站，所以每回来到这儿都倍感亲切，只是这一遭是物是人非，这里的一景一物都令她触景生情，徒生悲伤。

女人们一头扎进哑巴的杂货铺里，一来避雪暖身，二来确认车时。哑巴四十多岁，骨瘦如柴，他金口不开，倒会写字，他看了李兰写在纸上的问题，笔答如下：一点。哑巴惜字如金，却也能让人明白，就是到刘夼煤矿的车是下午一点，还有两个多钟头，时间宽裕。

大脸宫花对男人的指令不敢掉以轻心，

不等暖和过来，便嚷着要去镇百货公司买鞋，刚要往外走，被李兰拦住，问道："宫花，你梦里见俺家传本脚上穿没穿鞋？"

宫花被问愣了，张张嘴没出声，她自然心明，刚才说梦见大伙的男人全和双泉在一块，纯是胡说，她不晓自己还要不要把这谎撒下去。

没等宫花想好，紫英同样的问题也提出来，就是她男人在梦里赤没赤脚？

还有，娃娃脸黄艳丽紧跟着问了同样的问题。

满玉本来也想问一问自家永利，后又把话咽回去，因为她总觉得永利还有生还的希望，永利是这些男人中间最年轻最壮实的，要死也是最后呀，她不想现在就把他当死人祭祀。

几经思谋，宫花终于想明白该怎样回答，她说："俺想起来了，他们都赤着脚，都没穿鞋。"

李兰问："是真的？"

宫花说："真的。"

李兰说："那俺也要给传本买双鞋。"

紫英说："俺也买。"

黄艳丽说："俺也买。"

满玉顿了顿，也说句："俺也买。"她所以犹豫，还是觉得宫花的话不可信，所以又说买，是怕万一宫花说的是实情，那自己就亏待永利了。而且也会让别人说她抠，舍不得给死人花钱，况且宫花她们早就说三道四了，她们看来，对男人的死，她是她们中间最"赚"的，一没有公婆分死亡抚恤金，二也没孩子拖累，将钱往银行一存立马成大款，愿到哪儿到哪儿，想干啥干啥。从事实出发，也确是这样，甚至她本人也这么想过，然而她们替她算来算去，却有一样没算在内，就是自己和永利的感情，永利对自己的好，对自己的亲，她们知道吗？她们不知道。

女人们就齐出动，去买鞋。百货公司在镇子中央，一座像车库般的大房子，一点也不气派，可在乡下女人眼里这里犹同北京的王府井，但凡来到镇上，这里是必到的地场，即便不买东西，看两眼心里也熨贴。可今天女人们却是心怀悲伤，浑浑噩噩往昔日的胜地那里去，进了门，又一块拥到卖鞋袜的柜台，一门心思给自家男人挑鞋。满玉也给永利挑选了一双，是一双大头翻毛棉皮鞋，气派厚实暖和。她觉得永利会喜欢。鞋一旦买到手竟让她的心情更加糟糕，不知咋的，原先还保有对永利的生还希望顿时变渺茫了，代之的是一种极度绝望的心念。她默念着：永利，永利，你真的要一个人走吗？泪便涌出眼眶。

离开百货公司，女人们又冒雪回到公路边上的乘车点。在镇子边缘，风雪又恢复先前的猖獗。哑巴的小店已挤满了候车的人，没有她们的容身之地。紫英提出到附近一家饭店去等车，天也快晌了，在那里把饭吃了，再回来坐车正好。都觉得这主意不错，便立即开始行动。

饭店里很清净，只有一对男女在吃饭，

满屋飘香。女人们不由抽抽鼻子。刚坐下，一个二十多岁的女孩便来在面前，笑笑地问："姐姐吃啥呦？"

李兰回答："俺们都带的干粮，给碗开水就行了。"像证明似的，李兰手忙脚乱从包里拿出"干粮"——一张烙饼。

女孩脸上的笑飞走了，口气生硬地说："我们有规定，不吃饭是不能进来坐的。"

女人们满脸的惶惑。

黄艳丽说："外面雪太大了……"

女孩说："这个我们不管。"

紫英站起来将干粮往包里装，说："咱们走。"

没人动，或许是心里对饭店这鬼规定不服气，也或许实在不想再回到街上遭罪。几个人你看看我，我看看你。

李兰说："咱们吃吧。"

她的话出乎意料，没人响应。

而响应的是那个女孩，说："就是嘛，大冬天的，花俩钱，热汤热水吃顿饭，多舒坦呀。"可能是觉得需继续鼓动促销，又说："你们是不知道，男人们下饭馆，又是肉又是酒，猛吃海喝，女人干嘛要亏待自个，可别拿自己不当人啊。"

宫花接说："咱们就吃，现在……也不是吃不起。"

都明白宫花话里的意思，就是：现在不比从前，钱有得花了。也确是实情，今非昔比，一旦从矿主那里拿到那几十万，下饭馆吃顿饭才到哪儿？

紫英一腚坐下，说："吃。"

李兰说："吃。"

黄艳丽没话说，只点了下头。

满玉反感宫花的话，没说话，也没点头。可她清楚自己得随大流。不然就不落好。

笑又重回女孩的脸，欢欢地说："那好，姐姐们点菜吧！点了就下锅，保质保量。"

就点菜，各人点各人的。满玉犹豫着，不是点不出，而是觉得现在就打谱花这份死人钱吃啥都难以下咽，可最终还是点了，点的是猪头肉炖粉条。点这个不是考虑自己，而是想着永利，刚结婚时有一回说到吃，永利说他百吃不厌的是猪头肉炖粉条。知道了这个，永利每回从矿上回来，她都想方设法给他做这一口。时间久了，自己也吃顺嘴了。现在她点这个，也明白永利是吃不上的，可是不能因为吃不上就对他不管不顾呵。

一边等着菜，女人们冻僵的身子渐渐暖和过来，也包括嘴。话就多起来，说的自然是她们正面对的大事：男人们眼下究竟是死还是活？人在地下真的不能活过二十天？一旦签了字矿主能不能兑现诺言？还有，签字同意不抢救这事别人会怎么看，会不会觉得是拿男人的命来换钱？

宫花像面对质疑者愤愤说："谁愿意自个儿的男人死？谁愿意年轻轻的当寡妇，孩子还没爹？谁都不愿意，愿意的是彪子是疯子。可今儿个叫咱摊上了，有啥法子呢？只能认命了，地上的人得认。地底下的人也得认。"

满玉心想，宫花这番话要从别人嘴里说出来，也算是个理，可她说出来就需打折扣，满村人都晓得她和男人双泉多年不和睦。一闹起来双泉就把她往死里打，有人还听见她咒男人死，虽是气头上，可也很能说明问题。在这种情况下，双泉就是有个三长两短，她也不会太当回事的，何况还能得那么多钱。

宫花也似乎想到别人会怎么样想她，又补句："都别瞎寻思，俺这么说可不是不心痛双泉，男人再熊气也是男人，有好，有毛不算秃子。"

李兰说："就是就是。"

黄艳丽说："俺老是想，人要是死了，救不过来，这谁也没办法，可现在是死活不明啊，不救，就……"

紫英说："矿上的人可咬定没法子救？"

满玉觉得紫英说得不对，说："矿上可

· 20 ·

没说不能救，只说打通坑道得二十天。"

紫英说："等二十天打通了人早死了，救不救有啥两样？"

满玉仍然觉得紫英说得不对，反驳："不一样，就是不一样。"

紫英问："反正是个死，你说咋个不一样？"

满玉还想与她理辩，这时服务女孩端上一盘菜，正是紫英点的，一盘香气诱人的溜肉片，紫英就顾不上别的，捞起筷子大吃大嚼起来。

黄艳丽看看吃相不雅的紫英，替满玉把话说出来："救和不救就是不一样，救就有一线希望，不救人就死定了。"

宫花替紫英辩解，她说："都想救，谁不想救天打五雷轰，可明知道救也白搭，不是死心眼儿吗？再说了，人家矿老板为这个多拿五万块钱呢。"

满玉心想，可不，一切都是这五万块钱作的祟，弄得人心里长草。

她说："不要这钱也得救人呐。"

宫花瞄瞄满玉，说："你这是干啥哩，本来你也同意矿上的意见，咱们才一块儿出来的嘛，到半路你又要变卦，知不知道已经不是你自个儿的事了，到了矿上你不签字，这五万块钱谁也甭想拿到，这事就黄了，你可不能这样。"

满玉说："俺也清楚这事牵扯着大伙，可就是在心里过不去。"

宫花说："谁心里都过不去。可没法子呀，别寻思咱们不签字矿上就好好救人了，不会的，那些人心比锅底黑，救，也只是做做样子，到头来咱们是人财两空，哭都没处哭。"

宫花的话让满玉在心里打个激灵，眼直盯着宫花，问："你咋知道矿老板不安好心？"

宫花说："你别管，反正俺说的是实情。"

黄艳丽哭起来，哭得很悲伤，她用手捂

· 22 ·

着脸，哭声和泪从指头缝里往外溢。

满玉眼里也注满泪，但强忍着不让自己哭出声，她寻思着宫花说的话，不晓是宫花真知道底细，还是故意这么说好断了大伙救人的念想。但有一点她很清楚，矿主为了自己发财，是不考虑别人死活的。她眼里的泪哗哗流出来。

宫花叹了口气，说："哭有啥用哩，要是哭能把男人从地底下哭上来，咱一块哭，哭他个天崩地裂。"

黄艳丽止住哭，把手从脸上移开，沾泪的娃娃脸看上更像个孩子，可怜兮兮的。说："不管咋说，咱不能让老板牵着鼻子走，得救，咱不救男人，他们地下有知，死不瞑目啊。"

黄艳丽的话像锥子扎在人身上，都瞪着眼，你看着我，我看着你，连大吃大嚼的紫英也停下来，两眼发直。

宫花也不说话。

满玉又想起宫花和男人打冤家的日子，

她杀猪般的哭嚎咒男人死的话满村人都听得见，说最好压死在地底下，那就连尸也不用收，利索。想起宫花对男人的诅咒便感到脊梁发凉。

宫花的语塞当是为她下面的长篇大论做准备，她清清嗓子，说："俺不知别人，只知道俺家双泉，要是他在地下知道俺去矿上签字，不但不会怪俺，还会举双手赞成，有句话咋说呢？对了，叫含笑九泉。他会含笑九泉。"

女人诧异地盯着宫花。

宫花忽然哭了，"哇"地一声，像猫叫，泪在大脸盘子上涓涓流下，哽咽说："俺说了大伙也不会信，双泉他早就盼望着能摊上矿难死，他说他死了这个家就活了。开始俺以为他是胡咧咧，后来知道不是，他是真心的，他算了笔账，说在矿上他一月挣一千块钱，除了自个儿吃饭花费，也就能剩下四五百块。现在还能维持生活，可要等两个孩子上学念书就不够了，更别说念到中学大学。可要是死在矿上，家里能到手二十几万，把钱存银行。每月能得五六百块利息，比他现在拿回家的钱还多，这样两个孩子就能念书奔前途了，等到孩子成家立业，有在银行的本钱也就不愁了，所以算来算去，还是死了比活着上算。双泉不喜欢俺，和俺吵，可把他的两个儿子当心肝宝贝，为了儿子，他不在乎自己怎么样。真是这样，俺不撒谎。"

二十万，或者二十五万的账，其实在女人们的心里都暗暗计算过，可宫花男人的这种算法，却是完全让人们想不到的。满玉心想，人到了啥地步才能把自己的命不当命呢？那得是眼前一片漆黑啊。双泉真的已彻底悲观，心甘情愿一死了之？

这时服务女孩又送来了菜，是宫花要的溜肝尖。

宫花的眼光盯着摆在桌上的菜，板着脸向女孩质问："这就是十块钱一盘的炒肝？"

女孩说："没错。"

宫花捞起筷子在盘子里扒拉着，边扒拉边嚷："你瞧瞧，你瞧瞧，总共才有几片猪肝呐，太坑人了，十块钱能买一整挂肝，能炒一大盆。"

女孩并不示弱说："那干嘛不买一挂肝回家去炒呀。"

宫花一吼道："放你娘的屁！"

女孩给骂火了，嚷道："少耍泼，没钱，就别出来下饭馆，丢人现眼！"

宫花"霍"地站起身，用手指着女孩的鼻子说："没钱？你敢说老娘没钱？告诉你老娘有的就是钱，说出钱数吓死你！"

女孩愣了一下，许是被宫花的"款姐"气势震住了，没敢再接话，灰溜溜拔腿而去。

再端上来的是李兰的洋葱炒肉和黄艳丽的辣大肠。

最后送来的是满玉点的猪头肉炖粉条。看着这份油汪汪冒着热气的菜，满玉的心像被刺了一下，她想到男人永利。如现在让她说一件高于一切的心愿，那就是永利能来到她身边，和自己一起吃这碗猪头肉炖粉条，但这个愿望无论如何是实现不了的，她叹了口气，一个人独自吃起来，从昨天知道永利的不幸消息到现在，她水米未进，她劝自己，权当是替永利吃，她相信自己吃了就相当永利吃了，这自是个怪逻辑，可她就是这么觉得。

吃起来方发现是那么难以下咽，她想放下筷子，可这时又想到永利，是啊，无论如何也得替永利吃下这碗他喜欢的菜呀，他现在要活着，肯定饿得肚皮贴脊梁。这么想，她就挑大块的肉吃，她记得永利说过他所以喜欢吃大块猪头肉是因为上面的肉皮多，吃起来有咬头，过瘾。她努力咽下一块，没停下，又把筷子伸进碗去，倏地，她的手僵了，眼直了，浑身的血"忽"地冲上头顶，她分明看见在一块肉皮上有块枣般大小、枣般形状、枣般颜色的印记，这印记与长在永利腰上的胎记一模一样，她轻轻叫了一声，瞬时间与永利初婚时的情景闪现于眼前，那是新婚夜自己和永利初试床第之事，她发现了永利腰上这块枣状印记，觉得很新奇，永利告诉她这是每个人都会有的胎记，还说长在腰上的胎记主富贵，自古就有"莽袍玉带"一说。不知咋的，她一下子觉得，碗里的肉是从永利身上切下来的，自己是在吃永利的肉啊。这当儿，她觉得自己的肚子在翻江倒海，酸水直冲喉咙，她不敢延误，摔掉手中的筷子便往大门外奔去，脚刚踏到街面便大口大口地呕吐起来，止都止不住，吐啊吐啊，直到吐出胆水方休，她站直身子，觉得天晕地旋，眼前一片白茫茫。

永利，对不起，对不起啊！她在心里念叨着，泪从腮上流下来。

永利，对不起，真的对不起呀！她哭出了声儿。

不知过了多久，黄艳丽出来找她，见状急切地问："满玉你咋啦？咋啦？"

满玉用一种异样的眼光看着黄艳丽，她

不知该说什么，她不能说看见永利给切在碗里，她不会信，何况细想想自己也会觉得这想法荒唐，但有一点她明确无疑，这是上苍在警告自己，自己的所作所为无异于吃男人永利的肉……

她擦擦脸上冰冷的泪，用坚定的眼神看看黄艳丽说："黄艳丽，我决定了，不和矿上签什么协议书，我要他们救永利，一定要救。"

黄艳丽神情茫然。

满玉说："俺知道你心里也不情愿，那就和俺一块儿跑吧，让他们找不着，找不着，矿老板就必须开始抢救。"

黄艳丽久久不语，后摇了摇头，说："满玉，从心里说俺也想和你一块儿跑，可俺的情况和你不一样，我有公婆，他们都眼盯着矿上要给的这份钱，俺要不去矿上领，他们就会去领，那样我，以后和孩子咋过呀。"

满玉没吱声，她觉得黄艳丽的担心不是

没道理。

黄艳丽问："满玉，大雪天，你能往哪儿跑呢？"

这个问题满玉还没来得及想过，经黄艳丽一提醒，还真觉得是个问题。但是这并不能使她改变主意。

黄艳丽有些激动，上前一把抱住满玉，哭泣着说："满玉，你快跑吧，晚了宫花紫英她们会阻拦的，要是跑不成，到了矿上，那些人总有办法让你签字画押，你快点儿跑吧！"

满玉将黄艳丽与自己分开，朝她点了下头，便从她身边跑走，她跑得很快很快，就像叫鬼咬了脚跟。

满玉一口气跑出镇子，风雪迷蒙，天地苍茫，她止住步，大体看了方位，又一头钻进漫天风雪这当儿中，在前方白色的幕障里，她隐约看到一个灰色人影，在晃动，在跳跃，她知道那是永利，她的永利，永利在召唤着她……

彼 岸

　　年前于洪彬从国外回来，在公司办公室刚落坐，秘书安红便敲门进来，她没像往常那样先去饮水机旁为老板泡茶，而是径直走到于洪彬面前，说：于总，有件不大的事，宋部长已处理过了，要不要向您汇报一下？

　　于洪彬将手机掏出来放在桌上，朝安红点了下头。

　　安红说：是这么回事，公司后勤一个杂工跑出去敲诈超市，被公安拘留了。

　　于洪彬说：这与公司没什么关系吧。

　　安红说：是没关系，可那人讲是因为公司欠薪，没钱回家过年，这才去干敲诈的事，这就把公司牵连进去了。

　　停停又说：真讨厌，报上登了。

安红说毕递给于洪彬一页剪报。

于洪彬很快看了一遍，对这桩敲诈案也就了然于心。记者自然是从公安方面得到的信息，报导俨然是一个案件介绍：徐某，男，18岁，吉林×县人，本市外来务工人员。据犯罪嫌疑人徐某交待，该欲回家过春节，没钱购买车票便铤而走险，给某超市打电话，称已在超市某处放置了爆炸物，随时可以爆炸，让超市立刻将五千元人民币放在某路口处的第某个垃圾桶内，不准报警，待他拿到钱后再打电话告诉炸弹藏在什么地方。超市接到这个敲诈恫吓电话不敢怠慢，立刻疏散顾客，并报了警。警察随之对整个超市进行搜查，结果什么也未搜出，虚惊了一场。接着警察便着手破案，不久便将犯罪嫌疑人徐某缉拿归案。文章结尾是那句不变的"等待徐某的将是法律的严惩"的惯用语。看完报导，于洪彬安下心，说：报上并没透露徐某在哪家公司嘛。

安红说：是宋部长动作快，抢先与各媒

体进行交涉。没别的，一家给了个广告。

于洪彬点点头，却没说话。

安红临出门说句：于总，明天的政协委员社会调查活动可别给忘了呀。安红也算是个会揣摩老板心理的下属，这么叮嘱一句像老板对这个在政界上的职务很看淡似的，尽管事实上完全不是这么一回事。圈内人都知道，商场中人对"委员""代表"一类头衔是很看重的。

这件事就算过去了，如果不是宋部长的节外生枝，那个前杂工现犯罪嫌疑人"徐某"恐怕永远也不会在于洪彬脑子里过一过。接近中午时分，高个子宋部长进到办公室向于洪彬请示年前向相关部门与个人的答谢事宜，虽是惯例，但每年都有变化，需老板拍板。之后又讲电视台将在午间新闻里重播那起超市案，问于洪彬要不要看看，于洪彬犹豫了一下还是点了点头。

宋部长走到电视机前，打开并替老板调到本市频道，然后虾样哈着腰走出门去。

于洪彬在电视机前面的沙发上坐下，闭目养起神，他有些怪宋多事，就算处理好了也是一件操蛋事，又何必让他再烦一次心。他一度想关掉电视机，却没有，他忽然生出一种好奇心，想看看那个愚笨又胆大妄为的"徐某"是副什么模样。

如中午没有应酬，于洪彬大半在办公室吃午饭，当安红把盒饭摆上茶几，电视里便播起午间新闻。于洪彬边吃边等那条相关信息。似乎安红也晓得老板等着看什么，便站在一旁相陪。没过多久，那条新闻播出了。

新闻是以记者采访的形式展开，先是女记者手持话筒介绍案情，随后镜头摇到犯罪嫌疑人"徐某"身上。与于洪彬预想的大相径庭："徐某"不是个彪形大汉，面相也不呈凶恶，他清瘦腼腆，面对镜头神情犹同一个犯了错等着老师批评的中学生。不知怎的，于洪彬心里顿时有一种极不舒畅的感觉。

接下去是记者与"徐某"的一问一答，镜头却一直对着"徐某"的脸……

你在"那家公司"做什么工作？

杂工。

干了多久？

九个月零十二天。

一直没给你开工资？

嗯。

所以你就去敲诈超市？

嗯。

你知不知道这是犯法行为？

知道。

知道为什么要这么干？

没办法。

什么叫没办法？

想回家过年。

真的连买车票的钱都没有？

嗯。

那为什么你没再给超市打电话也没去指定的地点取钱？

心里害怕。

这是不是意味你已经放弃？

是，不想干了。

你知不知道你为什么会很快被抓住？

知道，不该用那个卡给家里打电话。

为什么急着打那个电话？

告诉爹妈不回去过年了，报个平安好让他们放心。

你认为你的犯罪与你干活的那家单位有没有关系？

有。他们给了工钱就不会干这事了。

你本人就没责任？

有。

那你认为是老板的责任大还是你个人的责任大？

……我个人的责任大。

……

于洪彬的心咯噔一下，他下意识地侧过头看一眼安红，不料正与安红的眼光相遇了。显然"徐某"的回答让他们都感意外。

这条新闻播完，安红上前关了电视，正要往外走，被于洪彬喊住。

于洪彬问：像这种情况，能怎么判呢？

安红想想：少说也得十年八年吧。

于洪彬说：这么重？也没造成太大损失嘛，何况他又主动停止犯罪。

安红说：这案子性质严重。

于洪彬就不吱声了。

有句话叫宰相肚里能撑船，是说大人物心胸宽广。在青岛这块地面，于洪彬也算是个不小的人物了，资产过亿的宏泰集团公司控股老板，市政协委员，还有其他这样那样的体面头衔，到了这份儿上，心胸狭小装不下事也着实不行。可这一个下午于洪彬心里总觉得有些不对劲儿，做什么都心不在焉，后来静心想想，便意识到是那个犯事的"徐某"还搁在心里，让他不能释怀。清楚了这一点他觉得自己简直有些可笑，才多大点事啊，不就是一个打工的犯了法，犯得上这么走心？他这么对自己讥笑，是想让自己从中挣脱出来，但是并不成功，"徐某"那张还带着稚气的脸一直在他眼前挥之不去，他叹了口气，明白是触动了自己的哪根神经。

快下班的时候，安红打电话叮嘱晚上应酬的事。他说：安红你过来一下，叫着大宋。

很快安红和宋部长一起来到面前。

他说：那个姓徐的……我想了想，应该说咱们也有一定的责任。

宋听着。

他又说：你说是不是大宋？

宋部长问：于总的意思？

他说：能不能想办法……

宋部长问：捞他？

他点点头。

宋部长看了安红一眼，说：也是事在人为的，就是这事到目前还没牵扯到咱，一出面只怕引火烧身呢。

于洪彬自然清楚宋部长这种担心是有道理的，多年来欠薪问题已成为一个社会热点，弄得企业老板名声很臭，欠薪侵害了工人的利益，当然不对，但情况又是不同的，有的企业确实属恶意欠薪，有钱不给，但有的企业却有着自己的苦衷，就拿他自己的公司来说，为三个政府项目垫资一个多亿，工程完工后也收不进款，人家拖欠公司，公司也只能拖欠工人，又能如何？所以一听政府人员在某种场合批评企业，自己心里就很不服气。

他说：不管怎么，咱们出出面也算对事情有个交待。

宋只是点头，却不说话。点头是出于下属对老板的恭顺，不语是表示对上司的意见有所保留。说起来，宋也算是公司里的老人了，从于洪彬打江山时便鞍前马后，对老板的发家历程及为人秉性也是知根知底。对于今天这件事他觉得老板有些怪怪的，可以说一反常态，从"原始积累"靠"血拼"挖得第一桶金，到如愿以偿将公司做出规模，于一向不是善良之辈，信奉"商场不相信眼泪"，那年一个民工偷工地上的木料，数量有限，且被抓后下跪求饶，本来可以"内部处理"，可于毫不通融硬是将那个人送到派出所法办。类似的事还有。而今天的于像变了一个人，使他感到陌生，心想莫非是觉得发家致富的目的已经达到，需改弦易辙以善为本（他也想起于近来对佛家的书感兴趣）？要真是这样就是那句"苦海无边，回头是岸"的话了。

安红倒是赞成于洪彬的想法，叹口气说：那孩子也真是可怜，咱不管他，肯定要判刑，一辈子就完了。

于洪彬问宋：那个"徐某"现在会在哪儿？

宋说：刚刚拘捕应该还在派出所里。

于洪彬又问：那里能不能找找人？

宋说：真要找，也能找到吧。

于洪彬说：那就找找。

刚回国，于洪彬要忙着处理很多事，忙得差不多了，才给家里打了个电话，告诉老婆晚上有应酬，会很晚。应酬是真，"会很晚"却是伏笔了。他知道应酬后必须到汪美那儿去报报到，把从国外带的礼物给她，给她一个惊喜，他喜欢看她惊喜时那孩子样表情，她的喜悦又会感染他，为之后的"颠鸾倒凤"做好铺垫。

晚上请的是一个外地客户，当然是一个重要的客户，要不也用不着于洪彬亲自出面。酒宴结束，他让手下人陪客人进行其他"项目"，自己则抽身而去，上车后正要给汪美挂电话，电话铃响了，是宋部长，宋讲已通过关系找到那个派出所的所长，一问，"徐某"还羁押在那里，只等着弄好材料便移交分局。于洪彬有些宽心，问你讲了咱们的意思？宋说：讲了，开始他们说不好办，后来听起来也有通融余地，不过人家对咱也有要求。于洪彬听了不觉意外，如今没有白做贡献的事，只要不是狮子大张口，也无所谓。宋部长接着说下去：人家说早闻于总大名，十分钦佩崇拜，很想认识一下。于洪彬在心里一笑，说那就定个时间和他们所里的领导一起坐坐。宋部长说：好，只是要早一些，人不能老关在派出所，有规定。于洪彬想想说好像明天晚上没什么安排，那就明天晚上吧。宋部长问：于总就这么定了吗？于洪彬说行。

第二天于洪彬参加市政协活动，也是惯例，年前政协委员分组去有关部门进行考察，说是收集社情民意，为节后的政协会做准备，作为一个私企老板，能变一个身份出现在人们面前，是件既光荣又有益处的事。

这天考察的单位是市文化局。

傍晚，宋部长和安红都给他打电话确认晚上的事，于洪彬说不变，晚上文化局领导的宴请参不参加无所谓。

下午的活动结束，于洪彬怕节外生枝，赶紧走人。看看表离约定时间还有一个多钟头，他想先理理发，遂驾车前往他通常光顾的那家理发店去，刚到门口，手机响了，他以为还是宋、安，接起来却不是，耳机里一个熟而非熟的女声，冷丁想不起来是谁，正要询问只听对方娇嗔说：哎呀，真是贵人多忘事噢，才几天就把人家忘了，看怎么罚你。他在心里一笑，众多女人用这种口吻与他挂拉当再熟悉不过，并不会走心，相反倒有些拒斥，反感。他一边下车一边生硬地问：快说快说，你是谁？对方一改先前的调笑，正声说：我是李艳。他"哦"了一声，简直有点儿不相信自己的耳朵，再问：你是李艳吗？对方说：我就是李艳。他的脑子一时有些乱，说话的语气一下子变得亲密，说：李艳你好，你好，你在哪儿？拉斯维加斯？对方说我在青岛。他又一惊，但尽量掩饰着，问：你回来了？对方说：回来了，吓着你了是不是？他努力让自己笑出声，说瞧你说的，怎么会吓着我？我高兴哩，真的高兴。停停又说：什么时候聚聚？今天？哦，今天不行，明天怎么样？李艳说明天不行，我在青岛只能呆一个晚上，明早就去北京。于洪彬怔了一下，心想李艳的家在北京，她不直飞北京，而是转道青岛，应该说是冲着他而来，只是不晓得为何这么来去匆匆。他说我明白了，你现在在哪儿？李艳说了酒店名字及房间号码。于洪彬说：你等着，我马上过去。他知道，今天剩下的时间无论如何都应该属于李艳。

他立刻给宋部长打电话，告诉他有要紧事今晚不能与派出所的领导见面了。宋部长一听急了，说已这么晚，再改怕来不及。他说那你们就照常进行，替我解释一下。宋部长很是为难，说人家是想认识您于总，不是冲着顿饭，饭局人家不缺。于洪彬晓得宋部长说的不错，但又确实分身无术，便以不可通融的语气说：你协调一下，把饭局改在明晚，就这样。说毕挂了电话。

与李艳的久别重逢在赌城拉斯维加斯。洛杉矶是他这次美国之行的最后一站，把事情办完，便跟旅行团来到赌城。像多数头次来这里的国人一样，赌是要赌一下的，只是要先给自己定下一个输的底线。他的底线是一千美元。一上来手气很旺，不到午夜便赢了五万多，曾想收手，只因兴起，就有些忘乎所以，一心想抱个大金娃娃，回去也好对人炫耀一番。然而好运并没有持续多久，过了午夜便开始输，且一输到底，不仅将赢到手的钱如数吐出，还越过了既定底线，输了五千多，只怕输光连国也回不去，才悻悻住手。

回到酒店一时睡不着，便拿出在路上随手接过的小广告浏览，是一些印刷精美的色情招揽。于洪彬是见过世面的人物，面对摆出各种狂放姿势的全裸半裸女体，也没多少感觉，只是觉得很逗，特别是那些自我标榜的推销词，看了让人忍俊不禁。其中有一幅是个看上去不下四五十岁的老女人，推荐词为：只有赏识我这种年纪的女人，才能得到唯这种年纪才会带给你的快乐。于洪彬哑然一笑。

他一帧帧确如看"西洋镜"般地往下翻看，然后眼光在一个东方女性那里停住，他冷丁觉得这个女子十分面熟，对了，像他的中学同学李艳，他的神经立刻绷紧，两眼迅速盯着照片下面的英文信息看，这女子的英文名字叫玛丽，年龄26岁（他知道当不得真），国度为"东方"。推荐词为：像花一样美丽，似水一般温柔，如风一般和煦。同样好笑，可这回于洪彬却没能笑得出来，他心想假若该女就是同学李艳，那么她的自我评价并不离谱，当年李艳是班级里最为出色的女孩，又漂亮又雅致，是众多男生暗恋的对象，也包括他本人。李艳的父亲是军人，高一时她随父转京，离现在不觉已二十年。

真是鬼迷心窍，于洪彬油然生出招见这个酷似同学李艳的赌城妓女的念头，除想确认两者是不是同一个人外，还有他一时说不清楚的东西，他也知道，假若这人就是李艳，那将是一次十分尴尬的同学相见，特别是对于李艳。

然而于洪彬意欲已决，怕自己改变主意，便立刻拨了那印在小广告上的电话号码。

快到酒店时宋部长打来电话，口气如刚完成一件艰巨任务般轻松，说已取得派出所同志的谅解，将饭局改在明晚。于洪彬说好。刚要挂电话，又听宋部长说：于总这遭可不能再变啊。他说不会。宋又跟上一句：雷打不动？他说雷打不动。挂了电话，于洪彬顿觉轻松，请人临时取消，出尔反尔，是件极失礼的事，要不是老同学非见不可，断不可能如此行事。现在宋部长把这事解决，也就可以从从容容与李艳相聚了。想到立刻就会见到李艳他不由得有些激动。见一个妓女竟会如此，与他的身份真的不符，但却真真切切，其原委怕也只有于洪彬自己知道。

再次相见，于洪彬眼中的李艳已与赌城那个风尘女子玛丽简直判若两人，李艳上身穿一件素雅高领羊绒衫，下身穿条牛仔裤，面施淡妆，长发披肩，于洪彬一下子看到中学时代李艳的影子，他的心为之一动，即刻生出与李艳作爱的欲望。如此急切，在他的性经历中亦不多见。当然，他知道不可如此，面对"淑女"，自己也应该拿出"绅士"作派。

他先请李艳到餐厅用餐，后又来到咖啡厅，这时他才告诉李艳今晚本来有应酬，又讲了事情的来龙去脉，他讲这些无非是告诉李艳她在自己心中的位置是何等的重要，不料李艳听了很是不安，一再询问会不会因为自己误了拯救那个打工青年。他安慰说不会，已与公安的人另约了时间，一切会按计划进行。李艳这才放了心，并大赞于洪彬善良，不像许多有钱人那般为富不仁，又为此敬了于洪彬一杯酒。

回到李艳的房间，两人皆有醉意，于洪彬急不可待地将李艳抱上床，边抚摸边倾诉对她的思念之情，他知道这"老一套"并非是惯常的性爱游戏，而是发自内心，这中间既有对青春年少时异性偶像的追念，更是对拉斯维加斯那一夜不同寻常"性史"的难以忘怀……

一切皆在情理之中，当李艳应招而至

并认出嫖客竟然是当年的同学时，确实很尴尬，但很快也就"随遇而安"了，沦为异国妓女的她毕竟已不是二十年前那个骄傲的白雪公主。两人一起怀旧，回忆着中学时光的人与事，沧海桑田，自有一番感慨，然而无论思绪追寻有多远，他们终归要回到现实中来，这现实就是昔日的男女同学眼下他们的身份只是妓女与嫖客，又该如何面对怎样收场？这真是一个难题。

于洪彬在头脑里经过一番"战斗"，终于决定跟着感觉走，他要求李艳留下来，李艳没吱声，看了他很久，然后走过去像恋人那般将头俯在他胸前。

开始他不行，这使他很惊慌，也知道症结所在。李艳问他是不是不习惯戴"那个"？他承认了，李艳说那就不要。然而取下来仍不理想，他同样晓得是为了什么。而奇妙的还是李艳对他的洞察入微，她下了床，从包里拿出一张纸递给他，他看了，原来是李艳的体格检查表，他断然想不到李艳会如此待他，心兀地一热，也就在那瞬间，他知道自己行了，没问题了，事实也正如此。

那晚李艳帮他圆了一个久远的梦，给了他超乎寻常的快乐，也使他心存一种超乎寻常的感激。这也正是一接李艳的电话，便清楚自己断不可不见的原委所在。

这一回从开始便很顺利，犹同轻车熟路，最终达到尽善尽美。这也在他的预料之中，然而这回李艳的所为再次令他惊异，于温存中她对他提出一项请求：一定救救那个可怜的孩子，打工不容易啊。他誓言般地回答：一定。

送走李艳，于洪彬继续参加政协活动，今天考察的是金融单位，考察组选的是农业银行。于洪彬多少有些失望，因为他的公司是在"建设""交通"两家开户，如能去这两家中的一家，那是再好不过了，借机与行领导联络一下感情，对今后的借贷大有益处。

有句成语叫"聋子的耳朵——摆设"，而对于他们的考察，耳朵却是唯一需要的。人家讲你听，把业绩讲得天花乱坠。若不久爆出该领导成了贪污案犯，也一点儿不会吃惊。

中午新任行长出面陪大家吃饭，不料这位姓佟的行长于洪彬是认识的，不仅认识还有过"瓜葛"，许多年前于洪彬炒过一阵子股，那时佟在证券做事，低头不见抬头见，不久两人就熟了，他时不时请佟吃饭，从他口中摸点涨落信息，有一回倒真的大赚一把，做为答谢他塞给佟一万块钱。后来他的公司渐渐强势股市又走低，他便抽身不做，与佟也疏远了，不想如今佟已成了银行的一把手。

佟在人前并未显出什么特别，对大家"一碗水端平"，只在离桌时才向于洪彬靠过来专门打招呼，笑说：多年不见，于总发达发达。他也笑着回应说：多年不见，佟行长高升高升。两人相对点头，算是心照不宣。随后佟问：于总今晚有没有时间？他心想当是佟不忘旧情，想单独请他，如果不是还有派出所那档子事，借机聚一下也是件好事，他刚想说今晚不行改日由他做东，佟却抢在前面说：于总是这么回事，今天是建行行庆，十分隆重，晚上的宴会可能书记、市长都会出面，省里秦副省长也参加，规格很高，我这里多出一张请柬，就给你了，于总做企业，出席出席还是有必要的。他一时说不出来话，佟问：怎么，抽不出身？他结结巴巴说：啊，不，不……佟说：那就去吧，晚上见。说毕走了。

一时间于洪彬的头胀胀的，不知该如何是好，也真的是个难题，派出所那里已爽约一回，这回又讲好"雷打不动"，要再有变，那是怎么也说不过去的。何况还有李艳对他的请求，按说……可佟讲的这事对他的诱惑又太大，有机会与市里的头面人物走近关系，不仅是佟说的"有必要"，而是千金难求啊。

整个下午，他都为自己该如何取舍而

犹豫难决，弄得心情很糟，那位秃顶副行长讲的什么一句也没听进耳。他对自己也有些不理解，以前遇到的一些事也不比眼前这件小，却从没像现在这样叫他大费脑筋，这究竟是怎么回事？他搞不懂。

他决定占一次卜，让"天意"帮助取舍，这是他遇事难决时通常采用的一种决断方式，但并不大张旗鼓，而是自做自释，方法有些"小儿科"：将需要选择的两方面分别写在两块纸上，将纸揉成团，在手里（或口袋）弄混，然后从中任取一颗。于是便有了天意之告诫。以他以往的经验，这种简单易行的卜问常常会收到满意的效果。

这次仍如此行事，在会议室私下做起了"手脚"，结果抓到的是"履与公安之约"，他一时是高兴的，颇觉释然，事情得以解决也就心无旁骛。

如果到此为止，也就不会再节外生枝，但事情并非如此，于洪彬思前想后总觉得这事还有些拿不准。他心想假如今晚市里的

一、二把手都到场，那是无论如何都不应错过这个机会的，因为今后公司的几个"大动作"都需仰仗他们的关照，有没有这种关照结果是大不一样的。当然，而且对于一、二把手是不是一定会出席，佟说的只是"可能"，不定准，若是有事来不了，事情就大打折扣了，那倒不如一落一稳去见公安方面的人，把"徐某"的事情搞定。

他觉得有必要把事情搞搞清楚，这也并不难办，他走出会议室，在走廊里给安红打电话，让她给她在市委办公厅工作的同学打电话，确认一下市里两位领导今晚是否要出席建行庆典。打完电话他等着，他晓得安红办事的效率，果然很快安红便回了电话，给他的答复是肯定的：书记市长一起参加。

收了电话，于洪彬的精神多少有些恍惚，觉得像丢了一件重要的东西，但很快便恢复过来，他已拿定主意：出席建行的活动。

难题是如何为另一件事情做善后，自然还得交给宋部长，让他再做协调。尽管身为上司，可以让下属做任何事，但这件事弄成现在这种情形也确实"他妈的"不成样子，自知理亏，于是与宋部长的讲话态度十分地和缓，且先不说自己的决定，而是把事情的过节对宋部长讲了。倒是出乎他的意料，宋部长非但没叫苦，还表示完全理解，说遇到这种情况任什么事也得让路。他听了心里暖暖的，关切地问：那么派出所那里？宋部长说于总放心，一切交给我处理。他说好，这个"好"字自是一语双关的。

第二天上班，于洪彬仍沉浸于头天晚上那一幕幕难忘的回味中，说打上了一支兴奋剂也毫不为过。但他毕竟是个负责任的人，心里还惦记着让他丢掉的那件事，他叫来宋部长，问派出所方面有什么反应？宋部长说也没什么，只是说于总太忙就以后再聚吧。于洪彬问：他们不高兴了？宋部长说也无所谓。于洪彬问：那么"徐某"的事呢？宋部长说晚了。于洪彬问：晚了？宋部长点下头，说今天一上班我就给派出所打电话，向他们询问情况，他们说人和材料都转到分局去了，对此已无能为力。于洪彬听了不语，这结果也是能想到的。你不给人家面子人家自然……他心里怅怅。

良久，他问道：能不能在分局那里再找找人？

宋部长想了想，然后论证般地回答：一，是可以的；二，有难度；三，我觉得于总没必要再为这件事分心了。

于洪彬无语。

这事到此为止。不久于洪彬便淡忘了。只是在春节期间李艳从拉斯维加斯来电话，讲话中间询问"那个打工青年"的事情办好了没有，他才记起"徐某"这个人，他打了一个哏，说，办好了，你放心好了。说这话时他心里多少有些发虚，不仅有关诚实，还有他新的人生理念受挫。可再一想又心定了：自己也毕竟为此做过努力嘛，事情不成，只怪"徐某"运气不好，要不怎么正赶在"茬口"上自己就有事脱不开身呢？

　　后来李艳再来电话，也就不提"打工青年"的事了。于洪彬也就彻底把那个人忘掉了。"时间能改变一切"，也真的是这样。

门　牙

　　三年前马树德外出打工，临走对新婚妻子说了句温情脉脉且富于诗意的话：亲爱的菊，我会在麦花飘香时节回来投入你的怀抱。如果将这话的"水分"晒干，那就是说他会在麦收时回来和老婆一起割麦子。不知错了哪根筋，念书只念到初中的马树德说话总是文诌诌酸溜溜，像个有大学问的人。可从另方面说他大概算不上个大丈夫，有言"大丈夫一言既出驷马难追"，他对菊许下的美丽诺言并没有兑现，麦熟时他没有回乡，在电话里对菊说工程正紧，老板不准假。还有一个原因他没讲出口，就是一直没开到工钱，老板放言必须干到年底才能开。菊倒没抓住他的承诺不放，只简单说句你看着办吧。到了年根儿，老板仍旧不给大伙儿开工钱，理由是所承包的工程是垫资施工，甲方市质监局不付工程款，他没咒念。他没咒念，树德也没咒念，只好给菊打电话，告知实情，说大伙儿谁都不敢走，怕老板跑了找不着人要钱。菊仍淡淡说句你看着办吧。过了年，又过了五一劳动节，工资的问题仍没得到解决，树德不知该怎么向菊交代，迟迟没打电话，不料菊倒给他个惊喜，自己跑来找他了，也没多住，三个白天连着三个夜晚。回去过了两个月，菊在电话里报来喜讯，说她怀孕了，树德听了惊喜不已，新婚时两人天天粘在一块儿没能怀孕，这遭短短几天便大功告成。树德于欣悦中苦于不能在这人生最最重要时刻陪在菊身边。尔后时光荏苒，就不断从菊那里得到相关信息：儿子出生了；儿子会爬了；儿子会走了；儿子会说话了；儿子能在地里撵蛤蟆了……也就在儿子能与动物交手时树德如释重负，欠薪问题得以解决，他拿到了拖了三年之久的工钱。他迫不及待地告知菊他要立刻回家，马不停蹄。让他多少有些费解的是菊并未表现出应有的兴奋，还是那句不变的"你看着办"的话。

不管怎么说，马树德终是如愿以偿，兴冲冲回家看老婆孩子了。

这日到家天已落黑，树德见到菊头一句话是宝宝呢？菊告诉他孩子在他奶奶家。树德略感失望，轻轻"嗯"了声，之后亢奋顿起，上前一步将菊拦腰抱住，上下掂了几掂，一摆腰摞在炕上。事情就开始做起。不晓是功课荒废，还是菊怩忸不予配合，小夫妻"久别"不仅没有"胜新婚"，反倒是兵溃城门，十分不尽人意。树德就有些尴尬，自语般唸咕着：黑下吧，黑下吧，菊明白他的意思，不吱声。

树德和菊一起去爹妈家，顺便接儿子马保栓。名字是爷爷给起的，树德并不满意，觉得有些庄户，跟不上时代，他自己查字典取了个名叫马骏，打算等孩子上学时改过来。当然这事现在还不能说，马保栓还是马保栓。进门才晓得小保栓睡了，树德顾不上和爹妈说话，几步窜到炕边，观赏自己和菊的爱情结晶。顶棚上吊着个五瓦灯泡，光线昏暗，看不清细部，只能看出儿子小脸的轮廓，很俊秀的，像菊，这时他心里就像人们常说"像有块糖在慢慢融化"，他转头看了菊一眼，想说句菊你劳苦功高啊，可眼光碰到爹妈，就将话咽进肚里。心想这句话是无论如何要对菊讲的，等出了爹妈家就讲，这是她应得的待遇，也是自己应有的感激。

晚饭在爹妈家吃，是事先约定的。树德刚摸起筷子，只听爹口气生硬地说："一去三年不回乡。钱是挣海海的了吧？"他打个哏，在心里揣摸：爹是在向自己要钱么？当然是应该的，自己也做了准备，他先看了眼菊，然后放下筷子，将手缓缓往衣兜里伸去，嗫嚅道："工，工钱低……开销大……真没……"爹摇下头，打断说："拉倒吧，我和你妈一分钱也不要你们的，只想问问，挣不着钱还一个当和尚一个当姑子（尼姑）地撇家舍业，值当吗？"妈插嘴说："过日子过的是人，你们可好，孩子三岁了才见了爹，这哪叫过日子呢？"树德松了口气，慢慢把手从兜里抽出来，重新摸起筷子，嘴里"是是"地应着。其实爹妈说的这事他一直也在想，这三年受的苦自己有数，也包括菊，以后还要加上个保栓。一家三口该怎样过他咋能不去想呢？问题是这事不是想想就能想到手的。有言人往高处走，水往低处流，自己最期盼的是把菊和保栓接到城里，在那里安个家，让儿子在城里受教育，这幅蓝图不仅是他，也是所有在城里打工的人的最高理想。可要实现又谈何容易？挣那么点儿工资连租间房子都不够，还能谈得上别的？那么放弃回家？那倒是"老婆孩子热炕头"，一家人不离不弃，可他不想如此，当初不正是不甘心一辈子像爹妈那般过日子才背井离乡的吗？他把眼光转向了菊，期望她能当着爹妈的面替自己说句话，可菊不接这个茬，埋头吃饭不吱声，他就叹了口气，说句："反正也不是一时半时的事儿，再说吧。"

将儿子保栓接回家，"小崽子"就像不愿见他这个"外来爹"的面似的仍沉睡不醒，树德想把他叫起来，被菊阻止，树德心情落寞，而先前失败又被他视为重中之重的房事也没有得以改善。他总是放不开，畏首畏尾心里像揣了鬼，以前可不是这样，以前他可是骁勇善战猛冲猛打的，菊也配合上佳，腰肢起舞叫声连连，她叫的是一个不变的字：美，美，美……而现在菊却像死去了一般，无声无息。树德本来便信心不足，见菊这般更不知所措，愈觉不行就愈是不行，无奈只好草草收兵，却在心里挥上一道挥之不去的阴影。

一夜心身疲惫，天快明时倒睡着了。一觉醒来窗户大亮。菊不在，听声响是在灶间忙活。儿子保栓已穿好衣裳，坐在他一旁炕上，瞪一双大眼，好奇地望着他。他的心不由一热。现在他看清儿子的模样了，那面庞，那眉眼，的确很像菊，可谓眉清目秀的。糖又开始在他心里融化着，化开的是一股浓浓的爱意。他一个高跳下炕，从包里掏出从城里买的米果糖，举在儿子眼前，说宝宝吃吧，吃吧，可好吃了。保栓伸出小手去接，张开小嘴笑了，一启嘴，露出两颗状如小铲子的门牙，这瞬间树德像被点了穴位，冷丁一愣，时间空间都不存在，而随之出现的意识是：保栓的牙似曾相识，像一个他认识的人，是谁呢？他努力去想，一时却没想出来。他再看保栓一眼，小人儿正起劲儿地咀嚼米果糖，随着嘴唇的翕动，两颗突兀门牙诡秘地时隐时现着，似向他宣告着什么，这当儿，他一下子意识到一件天塌地陷的大事摆在自己面前，他的心像锥扎般疼了一下，他丢下保栓，穿衣下炕，在正间他看见正在做饭的菊，他本想就保栓的牙让菊给个说法，但忍住了，二话没说，甩手出了门。

走在村街，树德竟弄不清自己要到哪里去，只懵懵懂懂地往前走，耳边不时响起村人"树德回来了？""树德吃了吗？"的询问，他"嗯，嗯"地应付着，而脑子整个被保栓的牙所盘踞：咋弄成这样？会有问题么？不至于吧，可……就不知不觉来到村外水库边。这时他才醒悟：自己到这儿是想寻个清静地方好好想一想，想想保栓的门牙以及与其相关的事。这实在不是可以掉以轻心的事。如今，乐呵呵替别人养孩子的男人，不能说遍地，也是大有人在啊，轮到自己会成为其中的一员？水库结了冰，有几个半大孩子在上面擦滑（溜冰），他不由想起自己小时候，那时这座新修的水库是他与小伙伴们的乐园，夏天游泳，冬天溜冰，春秋在水边钓鱼捞蟹。他是家里唯一的男孩，爹妈怕有个好歹，将他这根"独苗"看得很紧，总是在村头向这边大喊大叫，让他离开这危险之地。不是爹妈多虑，水库周边七八个村，每年都有小孩子淹死，或者掉进冰窟窿最终也难逃一死，也正是缘于这些想起来便煞是后怕的记忆，在当他得知儿子保栓能撵蛤蟆时，便一再打电话叮嘱菊千万把儿子看好，不许到水库边玩耍。

眼下，除了远处冰上有几个孩子在擦滑，周边见不到人影，很是清静，树德找到了适合"想想"的地方，然而他脑里很乱，想什么都不得要领。当然，根本的问题他晓得，一切皆由保栓的两颗铲状门牙起，就必不可免地要重新审视自己与保栓之间的关系：是他的种，或者不是。如果不是，那必然牵扯到菊，也就说菊不声不响给自己戴上了绿帽子，生下一个与自己无关的孩子。可他又很难断定，从保栓的出生日期看，菊是去城里与他相聚时怀上的，这似乎又没有什么可怀疑的，当然归根结底还得看保栓是不是自己的种，这是根本中的根本，如果不是，那就说明菊去城里居心不良，目的不是与他团聚，而是将已经怀上的野种与他挂上钩，就是那句"明修栈道暗渡陈仓"的话。这是多么的可怕，多么的可恶。想到这，他满身血冲头顶，耳朵里翁翁地叫。他恨菊，这种恨前所未有。

可是……然而……假若……树德的思绪飘忽不定杂乱无章，说到底他还是心有不甘，不愿往最坏处想，而摆在面前的事实又实在不容他欺骗自己。一时间，他的心绪像钟摆那样摆来摆去，终也没有结果。野地里风大，冷得彻骨，他便离开水库，返身回村。行走间保栓那两颗铲状门牙又不断在眼前闪动，挥之不去，一而再再而三地提醒自己所蒙受的奇耻大辱。他端地觉得"小崽子"的牙已经不是牙，而是一颗钉子钉进自己心里，令他疼痛窒息。

他没回家，而是来到爹妈家，二老正吃早饭，妈问他吃了没有，他答所非问，直通通说："你们应该知道，保栓长得不像我。"爹停止咀嚼，拿眼看他。妈说："保栓像他妈。"又说，"孩子像爹像妈无定规。"停停又说，"小子（男孩）多数像妈。"他严正指出："他的牙不像他妈！"爹用手摸摸嘴上的饭渣，说"你以为养孩子像用模子扣，处处不差样？"说完似意识到什么，问："你咋说这个？"他十分愤懑，心想保栓是不是他的种，不仅关乎他，也关乎马家关乎你们，咋这么不负责任呢？他盯着爹问："咱家老辈上有长得保栓样的牙？"爹眨巴了几下眼，摇摇头，他又转向妈："俺姥爷门上呢，有没有？"妈也想了想，说："没有啊。"这当间，他的脸腾地胀红，朝爹妈吼句："你们，你们在家是咋替我看的媳妇的？让人家抬去都不知道！"说罢抬腿就走。

出门树德便有些后悔了，觉得自己有些不讲理，爹妈不和菊住一起，又怎能替自己看住她呢？许多男人从未离家，不照样让老婆给戴上绿帽子？男女之事，一袋烟工夫就得，是防不胜防的，即使百倍警惕，总不能将老婆系在腰带上。转念一想，如果他能追查出哪个人更好，追查不到就直接问菊，不，不是问，是追查，是讨伐，到了这份上，已不再有夫妻情，有的只有恨。

他急急往自己家里赶，在街上却遇见同学兼儿时好伙伴树江。树江他是无法回避的，就站住了。树江在广州打过几年工，后来回村竞选村长，没选上，也没再走，许是想着东山再起。见到他树江很是热情，非拉他到家里喝酒不可。凡事怕勾引，树德凭地就生出欲一醉方休之念。另外，他也想从树江这里讨点口风，摸摸村里人对他的事有没有什么议论。

酒喝起来，树德便试探着问树江看没看见他的儿子保栓，树江说看见了，挺好的。在灶间弄菜的树江媳妇插言说孩子可俊，像他妈的。树德问你看仔细了？树江媳妇走进里间将一盘炒蛋放在桌上，说我还抱过呢，咋能看不仔细？树德不舍气，又想往保栓的牙上扯，冷丁觉得不妥，这不是贼不打自招吗？便拼住口，他稍稍有些心安，原来村里人并没觉察出什么。

平常树德酒德不差，能自我约束，而今日心里塞着块"石头"，就不论胡了，不用树江敬让，自己接连往嘴里倒了三杯"牟平烧"，点上的一支"大门前"还未抽到头，舌头就打不了弯了，情绪也变得激愤，胀着脸大骂不休，骂拖欠他工资的老板汪胡子，挂连着拖欠汪胡子垫资的质监局，一旁的树江媳妇见状不住给男人使眼色，树江就将酒瓶子掌控起来，劝树德少喝酒多吃菜，安慰道："树德你这算不差了，终归把钱讨回来了，说起来也没损失啥。"树德瞪着眼顶他："谁说没损失，唵！？谁说没损失？！"树江说："钱要回来了，还有啥损失？"树江愤愤想老子损失可惨，不是用钱能补上去的。这话没出口，又继续大骂汪胡子和质监局的贪官。

树江有些不明就里，觉得树德一切好好的却耍酒疯，好没道理。为改变气氛他赶紧换了个话题，告诉树德去年春节班上同学搞了个聚会，好热闹，还合了影。他指指挂在墙上的一张大照片："只可惜缺了你，潘功，还有章启元。你知不知道，章启元犯了事，在杭州偷摩托判了七年。"

树德的心一震，酒顿时消了许多，为章启元的遭遇，也不完全，打工的在外面犯罪，这样的事多如牛毛。公安抓十个起码有八个是乡下进城的。树德的震惊更多是由章启元联想到自己，也就在保栓生下来的那年春节前夕，他思家心切，想回家又身无分文，陡地生出干它一票的念头，很强烈的，豁出一切，不过最终还是刹了车。章启元的事令他后怕，好不容易才缓过神来，又问树江："那么潘功……"

树江说："潘功更倒霉，在工地扔砖，上面的人没接住，掉下来砸在脑袋上，把他砸失忆了。"

树德又是一惊："失忆了？"

树江说："嗯，把什么都忘了，在街上流浪，老是自言自语：我是谁？我是谁？这么过了几个月，电视台播了他的像，被工地上的工友们发现了，才通知他家里人去城里把他领回来。"

"现在呢？"

"还那样，同学们去他村看他，他一个也不认识了。"

树德愣了半晌，起身去看墙上的照片，潘功和章启元的遭遇无形中唤起他心中五味杂陈的复杂情感。有言"君子不下马，各自奔前程"，大伙奔是奔了，奔向四面八方，可有谁奔出个啥前程来？他扫视着墙上的照片，边看边在心里念咕：康本和——小康庄；周敏——河西；王普通——埠后村；李保峰——苇子村；毕可勇——毕家庄；于永琪——于家泊子；马树江——同村……端详着自己十分熟悉的面庞，同时回想着留在脑海中的种种趣闻轶事，心潮不由波澜起伏，越过几个人，他的目光在一张长瘦脸庞上停住，不由得打了个激灵，差点儿喊出声：啊，高玉奎！居于照片边缘的高玉奎像全场所有人一样启齿微笑着——那是在听令喊出"茄子"的那一刻绽出的标准笑容，而与其他人不同的是，高玉奎的两颗收拢不住的铲状门牙从双唇间突兀出来……

啊，啊！高玉奎！你，你，你……树德在心里暗自呼叫，一遍又一遍，刚消下去的酒重新涌上头顶。

树德急匆匆离开树江家，于震惊中神智异常清醒，晓得再待下去自己将不能自恃，会彻底暴发，会在树江两口面前将底兜出来，他不容许自己这样。出了树江的家门他疾步向爹妈家奔去，此时此刻，他已胸有成竹地将菊与她娘家村的高玉奎，联系在一起，但是，他又不敢相信，有些懵。

进门见爹在院里搅拌缸里的猪食，妈站在猪圈外面给猪添食，树德大声喝问："你们，你们，知不知道有个高玉奎？！"

爹妈停下手，一齐看看树德，一头雾水的样子。

树德又问："高玉奎？保栓姥爷村的高玉奎？"

"……"

"长了两颗铲牙……"

"……"

"和保栓一样的铲牙……"

"……"

"真，真是老糊涂了。"树德一跺脚离开了爹妈家。

树德又急急往家里赶，他觉得事到如今，必须与菊摊牌，他甚至提前想好：如果事情落实，就——离婚。

快到自家门口时，他看见菊窈窕的身子正站立在厢房屋顶上，挥动木锨翻晒花生，被风吹散的头发在她俊秀的脸上拂来拂去，现出一副迷人风姿，他的心动了一下，想起那句"爱美之心人皆有之"的话，而自己却忽略了，将菊一个人留下来，也就留下了后患的，菊这样的女人不可能不被男人盘算。想想，那年是应该回家与菊一起麦收的，就算拿不到工钱，也应按时回家，不让坏人有空子可钻。树德懊恨不已，不由狠狠咽下口唾沫，他不晓菊是否看见他，他却不再看菊，向家门紧走几步。

听见门响，菊居高临下地望着他，神情有些异样，却没说什么，放下木锨，踏着木梯往下下，树德一直望着她，直到她的双脚站在地上。

你讲，你讲，你和高玉奎究竟是咋回事？唵？！这是树德准备在肚子里的一句话。

而当菊面对着他，却不知咋的，他这句已快到喉咙的话，竟又咽进了肚里。

菊轻声问："吃饭了吗？"

树德顿了一下，随后摇了摇头。

菊赶紧往灶间走去。

一切又恢复正常，自是非正常的正常，这不是树德想望的情形，他为此暴躁不安。而到了黑下，"重中之重"又提上议程，他不晓在这种情况下该不该动菊，他想动，又不想动，最终还是没动，他似乎觉得这涉及到某种原则，而守住了原则，却弄得他辗转反侧彻夜难眠。为此他也很恨自己：到这般田地还这样没出息。

一连几天，树德的全部火气都集中在

高玉奎身上，尽管事情还没完全肯定。他想通，如其从菊那里落实，不如干脆找"狗日的"高玉奎，这种事归根结底是男人间的事。到目前为止，门牙，还有菊与高是同村，这两项皆是疑点，而加在一起，事情已差不多是板上钉钉。想到这一层树德不由倒吸一口气，此时此刻，他恨高玉奎已甚于菊，连杀他的心都有，他也真的准备了一把短刀，以备需时一用。血性儿男，在这种事上向来你死我活。

树德仇恨填胸，箭已搭弦。他觉得应先与高玉奎联络，约他见面，高玉奎的电话号码，菊应该知道，可不能问她，她会警觉，会向"狗日的"通报，"狗日的"就会有所准备，或者干脆逃之夭夭。

想来想去只有找树江。为避免树江起疑心，他绕了个弯，要了高的同村外号"鸡毛腚"王普通的电话。高、王二人在班上很要好，且都没外出打工，必定会有联系。他就找了王普通，王普通超级热情，在电话里问长问短，还邀他去他那里玩，说到时拉高玉奎一块喝酒。不说高玉奎还罢，一说高玉奎便气不打一处来，他"啊啊"地应付几声，待对方报出高玉奎的电话就赶紧挂机。

树德立刻给高玉奎打电话，怕晚了王普通会先他打过去通报情况，依照王普通的"鸡毛腔"性情，这是完全可能的，如那样狗日的高玉奎就会不接他的电话，那就难办了。无论树德的担心是否多余，他终归还是没让王普通占先，他打给"狗日的"电话通了，"狗日的"那熟悉的尖尖的声音传来："是谁呀？"

不知咋的，树德听见高玉奎的声音心顿时狂跳起来，一时话都说不出来，连气也喘不匀，这倒好像是自己做了亏心事。他努力让自己平静下来，这时又听到"狗日的"很不耐烦地询问："喂，说话呀，你是谁？！"

他压住喉咙里的一口气，回答："马树德。"

只听对方"啊"了一声，像被什么咬了一口。这无端的惊慌似乎向树德暴露出心中有鬼。

他咬咬牙："我是马树德，怎么，不记得了？！"

高玉奎又"啊啊"了两声后顿显热情，说："啊，是树德老同学，你回来了？工钱拿到了是吧？"

树德的心又像被扎了一下，恨恨地想：看来更没有疑问了，"狗日的"连欠薪的事都晓得，不是菊告诉他，还有谁？他说："我是回来了，你不欢迎是不是？"

"啊啊！老同学，这话怎讲，欢，欢迎，欢迎，咋能，不欢迎呢？"对方慌乱应对。

树德"哼"了声，说："你欢迎也好，不欢迎也好，反正我回来了。"

对方沉默。

"高玉奎，你知道我为啥给你打这个电话？！"树德厉声质问。

对方仍然无语。只有传过来的喘息声。

树德不想再与"狗日的"兜圈子，说：
"姓高的，我们见见面吧。"

"见面？"

"对。"

"在哪儿？"

"水库。"

"水库？"

"我们村后的水库边！"

"啥时候？"

"明天中午。"

对方再次沉默不语，过了许久方说：
"树德，能不能拖一天呢？明天，明天我有
事……"

树德觉得没必要在细节上计较，只要他
能来就行，他回答"那就后天"后，"啪"
地一声将手机盖扣下。

事实上这个电话已经将事情给出了明
确答案，树德的精神几近崩溃，一个自己的
老婆一个昔日的同学高玉奎，两人联合起来
毁了他的全部生活，使他陷入狼狈不堪的境

地。他又百思不得其解，菊怎么能和高玉奎搞在一起呢？只为是一个村，从小熟悉？可高玉奎是个啥玩意儿？是"老母猪打猎要跑没跑要咬没咬"的无能之辈，他，他凭什么……他听人讲过，一个成功男人总不免回望曾让自己动过心的女人，会依仗优势去接续旧情，了却往日心愿。可"狗日的"高玉奎他有这个资格么？没有的，说到底他连自己都不如。而说到菊，觉得她同样没道理，就算自己长年不在家，有些守不住，可那也得忍啊，自己不照样忍着？有工友拉他去找小姐，一次次，可终归没去。退一万步讲就算耐不住，也不该去找高玉奎这么个下三烂啊。他记得工地上一个外号"聋哑人"的工友，"聋哑人"和老婆一起出来打工，他干建筑，老婆干发廊，都晓得他老婆是"小姐"，连他自己也清楚，可他甘当"聋哑人"，视而不见，充耳不闻，有回喝酒，喝多了，一会儿哭一会儿笑，还恬不知耻地吹牛，说自己老婆是"小姐"不假，可她从不乱接人，接的都是那些有身份有地位的人。当时，大伙对"聋哑人"是那么的蔑视，骂他是个不折不扣的缩头乌龟。可现在，树德无形中也与"聋哑人"有着同样的意识，觉得要是菊找的是个高于自己的人，尚有情可原，可她找的是高玉奎这么一个连自己都不如的鼠狗辈，这让他感到格外的屈辱。他觉得天地黑暗。

复仇心切，树德等待着与高玉奎短兵相接的那一刻，而与菊却一直没"接火"处于冷战状态。他晓得，菊对他的行动是知情的，"狗日的"一定会告知她。他也晓得，自己是不能原谅她了，也不应该原谅她，她太让自己伤心了。而她，如果知错，就应该有个态度，应该对他表示点儿什么，哪怕是……而她到现在连句话都没有，是可忍孰不可忍。

"离婚，离婚，老子要离婚！"树德再次站在爹妈面前竟然忘了自己的辈分，以近乎咆哮的声调将他的决定宣布出来，没一点儿商量的余地。经苦思冥想，他终是从混乱的思绪中理出个头绪，原来看似复杂的问题其实也很简单：和菊离婚。让她带着大牙板崽子走人。

打量着自封"老子"的儿子，树德爹妈愣是给吓着了，两人你看我我看你，没放出声。

"你们，你们，倒是听见了没有，嗯！？"树德仍然火气冲天，好像要把这笔账全算在爹妈身上。

不料，回过神来的爹却给他算了一笔账，说："离婚！你倒说得轻巧，你晓得当初为给你娶这门亲，家里花了多少钱？三万七千块啊，整个家底都光光的了，你还要俺们再攒钱给你娶二房？唵！"

树德翻翻眼珠，说："再结婚不要你们管，我自己解决！"

"解决个屁！"爹发怒了，用手指点着他，"你，你小子有多大的能耐，靠那一亩半地？靠到外面出苦力？"

树德嘴硬："离了婚，我就打光棍，一

样过。"

爹吼道:"你,你打光棍就不是马家的后,从此不准再进这个家门!"

树德张张嘴,声没出来。

妈与爹一致:"离啥子婚吔,离了再上哪去找保栓妈这么齐整的人儿?"

树德苦着脸摇头,他晓得,妈一直觉得她这辈子最心足的是给儿子找了个漂亮媳妇,走到街上腰板挺直。可现在,他还糊涂,不离,菊能和自己一心一意过日子么?还有,更要紧的,就算她改过,可多出个小人咋处理?他就把这个问题端到妈面前,说:"你说,保栓……"

妈知道他要说啥,打断说:"保栓咋?咱养着,现如今孩子稀罕,小子更金贵,讨还讨不到呢。"

树德没想到在保栓这事上妈竟然是这种态度,哭咧咧说:"妈,你咋不分青红皂白呢?保栓他,他不是咱妈家的后啊!"

妈说:"不是就不是,以后和菊再生个

咱自个儿的。”

树德不由一愣，妈这个主意他倒没想到，他觉得这基本上是个馊主意，是自己断然不能接受的，经济负担不说，在心理上就接受不了。别人的孩子，呲着像他爹的牙一年到头在自己眼前晃，这怎么行！再说，纸里也包不住火呀，哪天让人家从牙上看出破绽来，事情会糟上加糟。可是，可是要说到坚决离婚，心里撕撕拉拉总还有些不情愿，不是为爹给自己算的那笔经济账，而是内心对菊还有所留恋，有言“一日夫妻百日恩”何况自己喜欢菊，这个，他不承认都不行。他深深叹了口气，进门前自以为已理清的思绪又混乱不堪了……

许是报仇心切，那天树德早早来到水库边，等着“狗日的”高玉奎到来。他清楚，无论他和菊的事怎样，“狗日的”必须清算。这是铁定的事。天有些阴，冷风嗖嗖。水库冰面空旷无人。他觉得“狗日的”不会像他这么积极，便下到冰上，欲活动活动御寒，刚要迈腿，眼睛的余光看见一个戴着大口罩的人从远处走来，因其怪异（正宗庄稼人即使在冬季也少有戴口罩的）他无法断定那人就是他召来的高玉奎，便站定等着，那人却是一步一步向他走来，愈来愈近，当他能够确定就是自己的仇家，心像弹弦子般"嗵"地一声响，下意识用手碰碰那把藏在棉衣里面的短刀。

那人在距树德七八步开外处停下脚。对一个"熟人"尚保持这般远距离，显然是心怀鬼胎，有所防范，怕他二话不说便出手。他迅速撇了树德一眼，又迅速把头低下，嗫嚅道："树，树德，你……你早来了？"

树德怒盯着他，刚要开口，高玉奎抢在前："老同学，我，我对不起你，我……"

树德的心痛了一下，高玉奎的"正式道歉"最终确认了他为奸夫为保栓的爹的事实。在这之前，他还希望有另外的结果，这希望刹那间化成泡影……他瞪着高玉奎，一吼："姓高的，你他妈……"

似乎高玉奎已事先想好这次见面的应对策略，又一次打断树德的话头，说："树德，看，看在老同学的份上……当然，我犯了大错，我承担，任……任你处罚……"

"狗日的"求饶是树德事先料到的，他应该知罪，问题是求饶就能改变已经发生的事实，能挽回自己的损失么？这不可能。他决定首先粉碎"狗日的"的痴心妄想，他说："……"

"狗日的"竟又先发声，说："树德，对我，你想咋就咋，我，我绝没二话，可，可这事不怪……不怪何菊……"

替菊求情，将罪责包揽，把自己装扮成男子汉大丈夫，这也是树德事先能料得到的，然而"狗日的"这种混账态度只能让他更加气愤，他厉声质问："你，你他妈给老子说清楚，不怪何菊，那是不是你强奸了她？唵？！"

高玉奎未出声，口罩上面的两颗灰黄眼

珠像凝固了，一动不动，而那十分单薄的身子却在寒风中摇摇晃晃。

"你，你他妈说！"树德再喝一声。

"不……不怪何菊……"

"你，你强奸？"

"不怪何菊。"

"你强奸？"

"树德，你，你想这么理解，也……也行啊。"高玉奎吞吞吐吐地说。

树德一下子被呛住，高玉奎如此对应，倒是他没料想得到的，不仅没料想到，反而十分惊诧："狗日的"是啥意思呢？是承认强奸？还是揣摸他的心思顺坡滚驴，二者，他自是倾向后者。当然，对他来说，事到如今，强奸通奸并无本质差别，都给自己造成了无法收拾的后果。他不会放过"狗日的"高玉奎，也不会放过菊。但，他坚定地要把事情的实际弄清楚，死，也要死个明白。他将口气稍稍放缓，说："高玉奎，你别跟我耍花枪，把一切讲清楚！全讲清楚！"

"树德，我，我没脸说，我任罚。"

"你说！必须说！"

"……"

"说呀！！！"

高玉奎却不肯再多说一个字。

树德暴跳如雷，大步越过"狗日的"与他保持的"距离"，站在他的对面，用手指着捂在高玉奎脸上的大口罩吼道："你个狗日的王八蛋，还戴这么个鬼玩意儿，是晓得自己没脸见人是不？！"

高玉奎老老实实从脸上将口罩摘下来。

树德就突然愣在那里，像被一个怪物吓住了。那张现于光天化日之下的脸是那般的陌生，那般的古怪，他不相信这人就是他的昔日同学今日仇家高玉奎，而是一个残老的不相关的人。这张瘦成刀把样的脸诚惶诚恐，双唇微张着，中央露出一个通向喉咙大小如板栗的黑洞……

"你，你的牙？"树德惊讶问，问过又立刻后悔。

高玉奎立刻在脸上挤出可怜巴巴的笑，说："这个么……对别人，我说是摔跤磕的，对你么，……不说你也明白，嘻嘻。"

树德懵懂片刻，终是"明白"了，高玉奎推后一天与自己见面，原来是留出时间铲除自己这两颗狗牙啊。可"明白"后他惊骇了，像凭空被打了一掌，想怒又想哭，在心里不断咒骂高玉奎：狗日的，亏你能想出这样的主意，算你狠，也算你鬼机灵，可，这就能解决全部的问题了吗？就算在牙上和保栓割断了联系，但会改变你是他的亲爹而我是为你顶缸的事实么？

高玉奎脸上的表情瞬息万变，却万变不离其宗：始终张着嘴露出那个人为黑洞，以此提醒苦主树德，自己虽说有错，可认错态度以及弥补的手段却是全无保留的啊。停停又说：

"老同学，树德，你，你要是觉得这还不够，就……就把我废了吧，我无怨无悔……"说罢呜呜哭了。

树德一时竟乱了方寸，不知如何是好，只是觉得高玉奎那张失形的脸丑陋不堪，令他无比憎恶。他嗖地从腰间拔出那把尖刀，擎在半空，却没向高玉奎刺去，只是向前一挥，狂嚎一声："狗日的，滚！你给我滚！"

高玉奎如同得了大赦令，屁滚尿流地逃了。头也没敢回一下。

树德紧绷的身子渐渐松懈，晃了几晃，刀子也从手中脱落，"嘣"地一声掉到地面上。这声音使他回到真实的现实，他一下子愣了，自问：怎么一切就这样终结？怎么会呢？本来在他的想象中，这里会有一场惊心动魄的戏剧出演，有悲情戏中的悲怆，有武功戏里的打斗，有凶杀戏里的流血，可这预期的一切竟然没有发生，难道……

不成，不成，这样的结局像开玩笑，是瞎胡闹，不能接受，决不能接受，不是连"狗日的"自己都清楚应该受到怎样的惩罚么？

树德的身子重新崩紧，血冲头顶，他弯

腰从地上捡起刀，刚要迈步去追赶高玉奎，却冷丁看见侧前方一颗树下站着向这边凝望的菊，怀里抱着保栓。

　　树德就钉在了那里⋯⋯

幸福的味道

广播里说到K市的航班晚点，大约一小时。谁知道呢，说不上过了一小时还有一小时几小时呢。反正乘客没辙，是飞机翅膀下的弱势群族。计划打乱了。本来K市那边讲好晚上接风，这一来只好用手机与那边的朋友联络，讲明情况，商定今晚的饭局改在明天。如此两头消停，松了一口气。

可无论如何饭是要吃的，不在那边就在这边。餐厅是不想去了，看登机口旁有个咖啡吧，里面空空荡荡，在熙熙攘攘的候机大厅中倒是闹中取静的，便走进去，要了热牛奶和面包。权把早餐当晚餐。

刚吃起来，又进来一位乘客，是个高挑女孩，穿一身黑色职业装，一副庄重又不失清纯的模样。女孩撂手把包丢在桌上，冲我点头笑笑，然后向吧台走去。一般来说候机中的旅客相互是漠然的。我明白女孩的致意是让我留心她的行李。这倒是便中的事。

女孩回来时双手抱着一盒冲了热水的方便面。放在桌上后又冲我笑下。自然是感谢的意思喽。她坐在我的对面——椭圆餐桌的另一端，坐下后即掏出手机打电话，说的是生意方面的事，报关啊验资啊首付啊，诸如此类，收了电话便开始吃饭。我自是没有特别留意的意思，可毕竟是在我眼皮子底下啊。我发现她吃饭的速度很快，不像一般女孩的细嚼慢咽，倒是风卷残云般。一会工夫便吃完了，她把空盒往桌中间一推，一边抿着嘴唇一边又拿出手机。这遭不是通话，而是打游戏。双手抱着手机，双眼盯着视窗，聚精会神的样子很显孩子的天真气。

我吃完东西开始看报纸。近来我是见了报纸便买的，主要看国际时事。再缩小范围是伊拉克局势。这也是全世界的焦点。我看到报纸上有这么一则消息：北京有数百名学者联名反战，把抗议书送到美国驻华大使馆。看了之后心中感到一种莫名悲凉，也就弃了报纸。

果然又广播去K市航班的延误，还是一小时。过了这么长时间还说一小时，好像时间凝固了。可窗外的天空已经暗下来，跑道上的两排伸向远方的小灯耀耀闪烁。进入夜航了。

女孩玩儿了一会儿便不玩儿了，收了手机，又从桌上捡起我看过的报纸看起来，看了会儿抬头看着我，张口问道："大哥你说美国人能打败萨达姆吗？"我微微吃了一惊，因为这不是两个素昧平生的旅客相宜讨论的问题啊。不过女孩的爽直倒一下子推倒了陌生人之间的那道无形的墙，我想起刚才看过的报纸反问她：你认为美国人应不应该攻打伊拉克。她不假思索地说了声"Yeah"。我问："为什么？"她说因为萨达姆是个大贪官啊，还有，不论啥时候在电视上看到，他手里都拿着枪，教人心惊胆战的。她的回答又让我吃了一惊。

我是头一次听人从这样一种角度来言说萨达姆，觉得颇为新奇，自然"贪官"和"枪手"并不能完全概括萨达姆。

我问：你很关心国际局势么？

她说：No。

我问为什么是No？

她说工作忙，顾不上啊。

我想这倒是实话。

她继续埋头看报纸。过会儿抬起头问：大哥你是去K市吗？

我点点头。

她问：那边有人接吗？

我说：没有。打车。

她问：到哪儿下车？

我说了朋友给预定的宾馆的名字。

她说那是个小旅店，K市有许多星级大饭店啊。

我不知该怎么回答她，笑了笑。

她又说大哥要不咱俩一起搭车吧，车费均摊。

我点点头，说声"可以"。心里却想到时捎着她算了，均摊不均摊的也无所谓。

再广播便是登机。

天完全黑了。检票时女孩怕走失似的紧随我后。我说没关系，下飞机在取行李的地方会合就成。她笑笑，笑得很甜很媚。

下飞机在行李领取处看见了她，正左顾右盼，看见了我迎上来说大哥我以为你走了呢。我说我们不是讲好了的吗。她笑着说大哥很讲信用啊。我没说什么，心想一口一个大哥地叫，按年岁叫个大叔你也吃亏不到里去哟。

很顺利搭上出租。我本来想坐在司机旁边的位子，正要开车门，女孩从后面扯了我一下小声说句后排安全。我也意识到这个问题，特别是夜晚在高速公路上行驶，安全问题是不可忽视的。这一刹，我对女孩表现出来的友善心存感激。

汽车刚启动女孩便要听歌，问司机有没有好听的歌带。司机用不屑的口气说我不知道哪个算好听的歌带。女孩点了一串歌星的名字：蔡琴啊、许茹云啊、萧亚轩啊、张惠妹啊、孙燕姿啊、苏慧伦啊、梁咏琪啊……

没有。司机生硬地说。

那有谁的呢？

司机不再回答，从暗中摸出一盘带插入盒仓，说离了音乐不行啊。女孩说可不是的。歌声响起，是一位大陆女歌星唱的《好日子》。

不听不听。女孩口气坚决，换别的。

没别的了。司机口气有些不耐烦。

那就听我的吧。女孩说着从包里摸出一盘带递给司机。司机无声操作，即使从后背也能看出他的不满。重新响起的是许慧欣的《幸福的味道》。当然不是我听出来的，而是她介绍的，并说许慧欣是她特别崇拜的歌星。

贴上回忆给你的信

轻轻翻开变成我的日记

许愿流星才刚消失

心中感动都已溶化为你

……

大哥，有烟吗？陶醉了一会儿女孩对司机说。

没有了，刚刚抽完。司机堵气似的说，做为旁观者我似乎觉得他是有烟不肯拿出来。心想也太小家子气了。

很快我便不再是旁观者，因为女孩又转向我询问：大哥，你有烟吗？

我不吸烟。我说。

女孩冲着司机说：大哥，停车停车。

停车干嘛？

你帮我去买盒烟。

哎呀哎呀，小姐，忍忍吧忍忍吧。司机甚不情愿。

不行不行，憋了一路熬不到家了。谢谢啦，谢谢啦。女孩锲而不舍。

司机摇着头把车减速，打方向靠向路边，说再晚一点就上高速了。

向前望去，高速入口的灯光在黑暗中闪烁。

女孩将一张百元票递给司机。说买一盒"中州"。

小姐吸"中州"啊。司机话音里带有讥诮，那给两块零钱就够了。

啊，"中州"我吸得来。不呛、不口干，我是要么吸"中州"要么吸"中华"的。啊没有零钱啦。

司机无奈地捏着百元票走向路边店。

回来时一手捏着烟一手还捏着那张百元票。

他把烟和钱一并递给女孩，说句找不开。

谢谢。女孩说。

车开后，烟味便在车内弥漫开来。还有许慧欣的《幸福的味道》。

吸了几口烟，女孩大显精神振奋，跟着录音机哼起歌来。

有一种淡淡的味道

叫着幸福

我们一起分享

······

我觉得她嗓音不错，也唱得挺专业，可以说训练有素。

上了高速，车风驰电掣起来。时间就是金钱，这句话用在出租司机身上那是丁点不错的。

多长时间能到市里呢？等女孩停止演唱，我问。我来过一次K市，路程记不住了。

四十多分钟吧。司机回答。

挺远呐。我说。

这不算远。女孩说，还有更远的，济南到机场快跑得五十多分钟。

对。我说。

最近的是海口。机场就在市中心。女孩说。

对。我说。

大连也很近。从机场到香格里拉一刻钟的路。

你去过不少地方啊，中国跑遍了吗？我问。

差不多吧。做生意就得四下跑呵，也跑

够了，太累。身体累，心理压力也很大，业绩上不去老板就不高兴。他把你当成赚钱的机器。女孩说着把窗玻璃摇开一道缝，把烟蒂丢出去。

我觉得女孩的性格很开朗、很健谈，反正闲得无聊，说说话也免得寂寞。

你们公司做什么业务呢？我问。

医疗器械。女孩说。

好做不好做？我问。

哪里会好做哟，现在就没有好做的生意。女孩说。

听口音你不是本地人啊，司机加入到对话中来。

大哥耳朵很尖啊，许多人都这么说，可能是因为在外面上过学的缘故吧。

在哪儿上学？

四川。我的话是不是带四川味儿？

对，司机说。

我说英语也或多或少带四川腔。因为教我们英语的老师是四川人。有句话叫什么师傅带什么徒弟，可一点不假啊。

女孩说完掏出手机，拨了号讲起来：妈妈，我打上车了，不回家吃饭了，先到公司看看，然后和几个朋友一块儿聚聚。啊，别等我了，就这样了，我挂了。

女孩收了手机说：你们那儿的夜总会不及我们这儿的红火哒，昨晚我到"男孩女孩"去玩儿，九点多了人还稀稀拉拉的，音响也差，气氛上不来，没劲。

我从来不去夜总会。不了解那里的情况。我说。

那晚上都做什么？女孩问。

看电视、看书、睡觉。我说。

每天晚上都呆在家里，多无聊啊！女孩说。

每天都去夜总会？不累？我问。

正因为累才去哩。女孩说，你不知道我们工作起来多么紧张，可以说身心疲惫，晚上必须放松放松。

喝酒吗？我问。

当然喝了。

你能喝多少？

啤酒六瓶不站。

不站？

就是不喝到六瓶不停。

海量啊。

来了情绪十瓶八瓶不站。

这可是醉生梦死啊。我半开玩笑半认真地说。你们属另类，在日本叫新人类。

所以一般人不理解啊，有人就给我们这样的职业女性起了个外号。

啥外号？

你猜？

……猜不着。

孙悟空三打……什么唻？

白骨精？

Yeah，Yeah，女孩咯咯笑起来。

是白骨精。司机说。不假。

不明白。我说。

白—白领，骨—骨干，精—精英。明白

了吧？女孩说。

啊，是这样，这样的白骨精可不同于《西游记》里的白骨精啊。我说。笑了一下。

新时代的白骨精。司机有些讥讽地说。

我们感到骄傲哩。女孩说。所以又招人嫉妒，称我们白领小姐为四高阶层。

哪四高？

高学历、高智商、高身材、高收入。女孩声音里透出自得。

小姐年薪多少？司机问。

保密吧。她咯咯笑。正襟危坐的我看不见她的表情，眼睛的余光看见她头上的一枚圆发卡在黑暗中放着亮光。

年薪十万问题不大吧？司机刨根问底。

没定规的，得看业绩喽。

小姐智商多少啊？司机似乎欲捣蛋到底。

没测过。大概不会太低吧。我的特长是记忆力好，过目不忘。女孩说。

怎么个过目不忘？司机问。

想考考我？女孩笑了声。

司机将录音机音量调小。

汽车在黑暗中长驱直入，风呼呼地击打着车窗。

你的车牌号码是KU4537—5。女孩说。

我向前望望，黑暗一团的车内没有车牌号码显示出来。

你咋知道的？司机问。上车时看见的？

是呀。

看一眼就能记住？我颇为惊讶。

这算不上什么呀。女孩说。

这时响起手机的铃声，女孩边掏手机边说谁发短信来了。等看了闪光的视窗，女孩咯咯笑起来，并一字一句地念起来：三个老鼠比本事，第一个说我掉进酒缸里都不醉，第二个说满屋老鼠夹子夹不住我，第三个说哥们我要去泡猫了。

我不由得笑起来，觉得这则短信满有意思，这女孩也满有意思。我又想起刚才关于智商的话题，心生对女孩进行一下智力考评的念头。

我说小姐考考你吧。

她问考什么？

我说记忆力啊。

她问怎么考？

我想想，说我念一本书里的一段话，你复述出来，行不行？

她说：那试试吧。

我念：北京人大都知道西城区有个草庙子胡同，就像重庆人知道歌乐山有白公馆渣滓洞一样。将其相提并论自会使人想到前者与后者一样不是个温柔瑞祥之地。

她果然复述一遍，仅错了一个字。

我不肯作罢。又问道：上飞机前你看过的那份报纸，内容还记得吗？

我只看过一张。女孩说。

我知道。你看了国际版和社会生活版，内容还记得？我问。

我没详细看呢。她说。

标题能不能记得？我问。

差不多吧。她说。

我等着。在我眼睛余光里那颗白亮的发卡在跳跃，像黑暗中的一朵火花。

我回忆一下。女孩说。一面好像有：倒萨五四三二一……主战派岛上密谋倒萨……争取"统一战线"拉系难上加难……智利要提新决议，美国拒绝……另一面是：……为三分线投诉值不值……纸箱夹缝中藏水泥……下脚料絮棉被被查……维权，何必要等3·15……好像就这些了。

对不对？司机问，是问我。

不简单，不简单，我由衷地说。坦白说，有些内容我已记不得了。可经女孩一提便想起来了。

真可惜小姐人才了。司机说。

什么意思嘛？女孩问。

按说像你这样的智商应该去当外交官啊。司机说得有些阴阳怪气的。

要是大哥以后当了外交部长可别忘了提拔我呀。女孩反唇相讥。

我还是当交通部长吧。司机解嘲说。

这时，女孩又拿出电话，在黑暗中嘀嘀嘀地按键，开口便喊了声"老公"，接着嘻嘻哈哈说起话来，私房话本不应当着外人面说的，可她满不在乎，旁若无人地说什么爱呀，想呀，吃不下睡不好呀，诸如此类。最后说了句"I LOVE YOU"

收了机。

我老公在上海一家公司做总管。女孩解释说。其实是用不着的。也许是希望能有人与她分享幸福和美满吧。

看样女孩是个闲不住的人。谈话刚停又哼起歌来。

人人都在寻找幸福
可幸福又在哪里？
噢，它在云彩的上面
它在大山的背后
在梦的边缘
……

进市里了，这么快就到了。女孩停止歌

唱说。

之后，谈话便在女孩和司机间进行，两人议论路线怎样走。而我就只有听的份了。

按照女孩的指令，司机在一处不甚繁华的街区停下。女孩说她要先到公司里看看。然后，⋯⋯我想自然是去夜总会休闲啦。

大哥，我该拿多少钱呢？女孩一边下车一边问。

五十吧。司机说。

我本来是没打算让这女孩付车费的，刚要表明态度又转念想：人家可是"白骨精"高薪小姐哩，你一介公务员充啥大头呢。便哑了声。

女孩将一张百元票递给司机。大概还是刚才买烟的那张。

找不开呐。司机转头不满地看着女孩。刚才找不开现在还找不开呐。

我没有零的。没带零钱的习惯。女孩站在车门口说。一手提着包，一手擎着那张老头票。

先生你能破开吗？司机问我。

我说我也没零钱。口袋里唯一的一张五十元钱在机场买了机场建设费。这个我记得清。

这鬼地方连个商店都没有，到哪儿去破钱呢？司机火剌剌地说。

算了吧。我付。我说。不想为区区几个钱耽误时间。

大哥，谢谢你啦。女孩欢欣说。又说：大哥你把你的手机号码告诉我，下回我去青岛给你打电话。

我说不用客气，不算个什么事。

谢谢、谢谢——女孩用捏钱的那只手向我挥着。拜拜。

再见。我说。

车开动后司机愤愤不平：你干吗不让她出钱。讲好均摊的嘛。

我说不是找不开嘛。有啥办法。

她不会没零钱的，她是成心宰你。司机说着突然叫了一声，呀，我也叫她宰了，烟钱她还没给我呢。

我在心里好笑，没吱声。

不过，我也没吃亏，她忘了她的录音带了。不止值两块钱呢。司机嘿嘿一笑说。

行驶了一会儿，司机仍然对我的损失表示同情，说先生你真是个厚道人，白让人赚了一把。

我没吭声，我没把事情看得这么严重。

你知道她是干什么的？过了一会儿司机忽然问我。

白领小姐啊。我说。

听她吹。

吹？

对你说了吧，她是只鸡。

什么？

鸡。

什么？

妓女——

……

妓女——

……

妓女——

不可能，不可能。我急急分辩，似乎想替女孩洗清泼在身上的污水。她说……

会说的不如会听的，瞒不过我的眼，这样的人我拉过不是一回半回，就知道抬高自己的身价。胡吹海吹。是鸡，偏偏要把自己说成是凤凰。

刚才她下车的地方就是她那号人聚居的地方。本地人都知道啊。司机再次证实说。

是吗？我还是将信将疑。心想分明是个很聪明很可爱的女孩嘛。怎么会……我脑子像过电影似的回放着在机场和车上有关她的画面：打电话谈生意；给家里（还有老公）讲电话；讲她的工作性质；白骨精；四高；还有……难道这些都是故意做给别人看的？都是些素不相识的人，这样做又有什么必要？真让人费解。

你刚才应该把电话号码告诉她，那我敢肯定今天晚上她会给你打电话。司机自作聪明地说。

她为什么要给我打电话？我提出异议。

好人也一定是个好嫖客啊。司机油腔滑调地说。

王八蛋，我在心里骂了一句。不知怎么，我从心里恨他。瞧不起他。

王八蛋也实实落落把我宰了一把。下车收我一百二十元。说一百元是车资，二十元是过路费。他妈的，如果说女孩是妓女，那么他就是强盗。

说到底这年头挨宰也是件稀松平常的事，犯不着耿耿于怀。不悦很快便平息下去。想的多的倒是那个同行的女孩，那颗白亮的发卡总在眼前晃动。我还是难以相信她是个做皮肉生意的妓女，然而司机又说得那么肯定，由不得你不信。我又想：如果能够重逢，她还会像这次这样自吹自擂装扮高贵么？

也许会。因为那是她心中的一个结，尽管如歌中的所唱："在梦的边缘……"

晒　画

山居图章樟兄补壁辛卯冬月垢泉于云涧斋。

该题款包含的信息为：画者垢泉于云涧斋做《山居图》，赠与一个叫章樟的人。一目了然。

这位垢泉画家退后一步端详着刚画毕的山水画作，脸上露出一丝欣意，遂搁笔用印。

出门前，垢泉抬眼望望窗外，对取衣帽的老伴说句：天好，把画晒晒。老伴没应声，只像他一样把眼转向窗外。天空晴朗。

垢泉随本市一伙知名画家外出参加笔会。活动程式为：主办方（买家）把画家（卖方）接过去，作画、宴请，然后画家留画作，主办方付"润笔"。笔会宣告圆满结束。说起来，这类盛行于当下画界的笔会垕泉参加的并不多，不为别的，只为名气尚欠，难以进入组织者的视野。这回是某画家因故缺席，与他相熟的艺术馆馆员章樟向本次笔会主持冯老力荐，方得以加入，小鱼串在大串上。善长花鸟的章樟对他的泼墨山水甚为赞赏，私下里不断为他的不被圈内接纳鸣不平。可以说，章樟是他心存感激且愿与其交往的圈内人。

在临时布置成画室的会议室里，华腾地产的韩总与画家一行见了面，冯老一一介绍，介绍到谁，韩总便对其合掌点头道声久仰大名，也并非场面客套，来者在电视、报纸都不乏出头露面，即使算不上名声远播，也算混得脸熟。一来二去就介绍到垕泉，韩总望着他稍稍打了个哏，又照样说句久仰大名，即使再迟钝的人，也会从这吊诡的停顿体会出其中意味，垕泉本人有种被掌掴的感觉，额头沁出一层细汗。

寒暄过后，开始作画了。纸墨主办方已

提前备好，由工作人员帮画家铺于长桌上。当画家们噼里啪啦从包里拿出作画家什，室内便入静，一派肃穆气氛。

进入创作，坵泉努力去除适才的难堪不快。有句话叫忍辱负重，这当是无名辈经常面对的纠结，于怀不得。他先画了两个"斗方"，一副《牧牛图》，一副《双荷图》，看看觉得意趣俱在，然后开始画他拿手的泼墨山水。大写意不仅是技法，更多是意境，从古至今的画人都孜孜不倦以求生机，坵泉亦是。只是他有些"出格"的画法不断遭人诟病，有说是缺少基本功的一味"乱弄"，也有说是对张大千的拙劣模仿。他当然不予认同。一是自己的基本功扎实，干"细活"不逊于任何人，至于模仿，倒是张大千早被徐悲鸿称其为"五百年来造假第一人"，自己真要模仿个什么人，也不会选中张大师呀。他心里清楚，自己是受中学美术老师吴其治启蒙，习学泼墨技法，而吴老师心中之师为傅抱石，故章樟看出其一脉相承。只因已故去的吴老师一直默默无闻，人们才没有挂连到他。当为无名之悲哀。

这幅《山高水长》很快作毕。说山，只是一道顶天立地的悬崖，通体墨透。说水，只是从崖边斜插下来的一道水流，黑中托出的一道羊肠样的白线。他觉得气势意蕴俱显，足可交差。他侧目看看两边，其他人尚未有竣工迹象，仍埋头精工细作。韩总一干人分散各处观赏，居冯老身后者多，足见对这位画坛大佬之推崇。

当最终大家放下笔来，韩总向大家道了辛苦，感谢，又提出求合作山水，说此画今后就挂在会议室里，作为"镇室之宝"。这要求并不过分。于是，一张一丈余长的大纸便铺上台面，浩气顿生，不由让人想起那句"一张白纸可以画最新最美的画"的名言。

这时场面便微妙起来，画家自觉向后撤步，有的撤到了墙根。所谓合作，并非悉数参与，画山水，由善山水者为，画花鸟，由善花鸟者为，当然最后如数签名。这时章樟踱到圻泉身后，悄声说句：圻泉兄，说句公道话，今天由你"开笔"才是。他不予置评，说句：你要的二龙山带来了，走时给你。章樟说好。章樟所说的"开笔"指合作一幅画作先由某人落下第一笔，有"剪彩"的意味。此人如有底气且技法对路，便一笔定乾坤勾勒出大的章法走向，后者则添砖加瓦，以成其作。一般说来，当由最具权威者担纲。所谓权威，不见得看艺术造诣，更多看官职，还有名望。由此而论，本次笔会"开笔"非冯老莫属，章樟抬举圻泉，圻泉也晓得并非是他的誉词，比较符合实际。只说冯老，虽说也以山水见长，也写意，但一般的小写意与真正的狂放写意却不是一回事。若让他在丈余长的大纸上一笔勾勒出其山脉大势，只恐气魄不逮。而圻泉，则完全不成问题。当然这些只能在心里想想，说出口那可犯大忌，要引人口诛笔伐的。

冯老还算是个忠厚长者，谦逊了一番，然后凝神提笔在纸上奋力一挥，众人一齐鼓掌。

随后就由冯老点将，从来者中挑出几位善山水的画家上阵。当中没有垢泉。

中午宴请，席间热闹得很，话题流转犹如蒙太奇般，一会儿是社会上五花八门的传闻、段子，一会儿又转到画界本身的一些是是非非、趣闻轶事，比如某名画家流水作业创作模式，是耶非耶，比如某些名家的画拍出天价，实耶虚耶，等等。当然也涉及到目前国画创作的种种现状。垢泉不大说话，听，也走神，想到刚才"合作"的那幅被韩总赞为佳作的《云山雾罩》，就觉得滑稽可笑。

话题不知怎么又转到已故画家李可染身上，由李可染的逆光山水又谈及他的两位老师齐白石与黄宾虹对他的影响。对此垢泉并不以为然，在他看来，李可染最大的受益来自于他的启蒙老师钱食芝，只是当代已没有多少人记得画出著名《四季屏》的钱大师了。

这当儿，兜里的手机响了，垢泉离席到走廊里接听，是老伴，说晾在院子里的画丢了好几张。他问是不是叫风吹跑了。老伴说哪有风，他说那就是叫人拿去了，算了算了，就把电话挂了。

回到家，见老伴将收回的画叠好，堆在他的画案上。他问老伴丢了几张有没有数。老伴说晾出去五十五张，收回五十张，不就是丢了五张吗？他嗯了声，说丢就丢了吧，有人喜欢挂挂也不是坏事。他嘴里这么说，心里也是这么想的，他一向并不把自己的画看得有多"金贵"，也不张罗着卖，觉得与其卖不上个价，还不如留着压箱底。只因家住楼房底层，潮湿，需不时拿出去晾晒，所谓晾晒自不敢去照大太阳，那会使画作失色，只在阴处让风吹脱湿气而已。把艺术品随便往冬青上一搭，说起来有失雅观，自己不当什么，别人也就不当什么，来个顺手牵羊也在情理之中。

老伴说：已经报警了。

垢泉没听清。

老伴又说了一遍：报警了。

坧泉这遭听清楚了，连连摇摇头说：胡整胡整，多大的事，还报警，吃饱了撑的。

老伴说：我也这么觉得，可越东……

越东？

老伴就说了报警过程：在给坧泉打电话不久，坧泉的学生高越东来了，听到画失窃的事，二话没说就要打110，老伴拿不准，问要不要问问你老师？越东说事明摆着，根本不用，就把电话打了。

越东他人呢？坧泉问。

让派出所叫去了，说做什么笔录。

坧泉犯了一会儿怔，说句：过几天去旧货市场买个樟木箱子，画就不用来回搬弄了。

中午多喝了几杯，坧泉上床睡了一大觉，醒来听见老伴和越东的说话声，便起身来到客厅，听两人说的是越东筹备结婚的事，女方小秦来过几回，也跟着越东叫老师、师娘，他们对小秦印象不错，觉得配越东足够。

坧泉望着越东说：你也太着急了，报啥

个警哩？

越东说：报警是正当防卫。

坵泉说：让人知道了笑话。

越东问：笑话啥？

坵泉说：咱的画，还没到那个份儿上，弄得兴师动众……

越东自然懂得老师的意思，反驳说：老师的画，怎么不到那个份儿上？懂画的人都有数，只因为……

坵泉自然也晓得越东后面省略的是什么意思，可越东是只知其一不知其二，世界上没有绝对公平的事，就说每年的艺考，从几千人中取几十名，这几十名就是其中最优秀的？不见得。再说画家这行当，爆大名的就是真正的艺术大师？也是不见得。还有，一张画卖几百万几千万道理何在？问题在于，这就是现实。是谁也扭不过来的现实。

他说：越东别想得太多，赶快给派出所打电话，这事让他们别管了。

撤诉？越东问。

撤诉。

越东还要分辩，让垢泉用手止住。

越东甚不情愿地打这个电话，虽听不见对方说什么，可从越东的话里能听出事没谈拢。

果然，越冬挂了电话说：不行了，人家说已经立了案，报了分局，这事停不下来。

垢泉不说话了。

越东安慰说：老师，这事你别太放在心上，咱的画是有价值的。偷，就是取人财物，犯法，应受处罚。

老伴附和：就是嘛，画值钱不值钱都不是潮水潮上来的，点灯熬油……

行了！垢泉把她喝住。

越东吐吐舌头，按计划晚上要跟老师学画，见老师为这事情绪不佳，便知趣地告辞。垢泉也没留。

后来几天，垢泉心里总有些忐忑，分明不像丢了东西，倒像自己做了回贼。

"案发"第四天，派出所来了电话，让

坽泉去一趟。他走在路上还寻思争取把案子撤了。进了门，人家就让他看监控录像。场景熟悉，是从自家楼前摄向对面的绿化带，冬青墙上搭晒着一幅幅水墨画，虽看不清细部，他也晓得这是自己的作品。很快，一个穿蓝工装的半老男人走进画面，又径直走到"画廊"前，四下看，然后快速从中选了几张，叠巴叠巴装进工装口袋里，随之转过身走出画面。

他"哦"了一声。

你认识他吗？陪他看录像的那个尖下巴警察问。

嗯，认识。

他是谁？

老邱。

哪个老邱？

物业的老邱。

你认准了？

他点点头。

行了。几个警察互相看看露出释然的

神情。倒没再问别的，叫他回了。

回到家，他告诉老伴，事儿是老邱干的。

老邱？扫楼道的那老邱？

他没回答，只在心里寻思：这老邱也真是，喜欢画，上门讨张就是，也不会不给，干吗要这样？这么想时，老邱那一抻一抻的水蛇腰以及那瘦削的刀把脸便浮现在眼前。老邱来物业干活好多年了，管打扫卫生以及修剪苗圃，后来老伴也来了，带来一个三四岁很皮实的小孙子，据说儿子和媳妇离了婚，孙子留下了，由他老两口照顾。刚从乡下出来的孩子混在小区里一般大的孩子中间很扎眼，小脸黑红黑红，穿戴也土气，可小身板结实，大冬天不戴帽子，在风雪飘飞的院子里跑来跑去，每当有人提醒别把小孩冻感冒了，老邱总是笑呵呵地说不怕不怕，习惯了。也有住户把自家孩子穿剩下的衣服送他，他总是千恩万谢。无论怎么说，老邱都是个老实人，与小偷不搭界，可……

垢泉不住地摇头。

这可咋好哩？老伴犯起愁来：不会把他抓起来吧？

坧泉陡然想起什么，看着老伴说：你下去找找老邱，叫他上来一趟，对了，叫他把画带着。

老伴晓得他心里是怎么想的，把画题上款，就是送，不算偷了，这办法好，遂赶紧出门。

没过多会儿老伴一脸懊丧地回来了，告诉坧泉，老邱回老家过年了。

坧泉一脸的无奈。

可不是，再过两天就是阴历小年了。

那天章樟来电话，说弄了点纸，送过来，忙年，不进家了，让坧泉到楼下等他。

坧泉心里挺高兴，作为业余画家，用纸常捉襟见肘，也都知道，因此来求画的人总是多带几张纸，以充"润笔"，自然也不能解决大问题，倒是"资源丰富"的章樟成了坚强后盾。

远远看到章樟那辆灰色帕萨特驶来，坲泉心中突然生出一个念想：刚遇上的糗事不妨让他帮帮忙，他交际广，和公安也熟，让他从中协调协调，把老邱托出来。

　　于是，车停下，他打开车门，坐到副驾驶位上，把事一说，章樟先是笑了，说蹊跷事一桩啊，又说应该没问题吧，你等我电话。他是了解章樟的，这人靠谱，办事举重若轻，他说没问题就没问题，坲泉就宽了心。

　　回到家，老伴说儿子从深圳来电话，讲不能回家过年了，小孩的姥姥病了，一家三口要赶去郑州探望，就在那里过年。他没吱声，心想不回来就不回来，少些事还能静下心多画几张画。

　　老伴又告诉他派出所来过电话。

　　他一下子紧张起来，问：说什么？

　　老伴说：通知咱，案子破了。

　　破了？他吃了一惊，这么快啊。

　　老伴说：盗画的就是老邱，已经从老家抓回来了。

刹那间垢泉全身僵住，舌头也僵：你、你说……

老伴又重复一遍刚才的话。

良久垢泉才缓过神来，想了想，把刚脱下的鞋又穿上，反身下楼，一溜小跑来到一街之隔的派出所。进门碰上那个尖下巴小警察，小警察正站在亲民台前和里面的女户警说话，认出他后欢快地说：老先生祝贺你，案子破了，嫌犯已抓捕，只是画只追回三张，另两张叫他卖了。

垢泉急问：老邱他人呢？

小警察拉他到会客区的沙发上坐下，说嫌犯关着。

垢泉说：我想见见。

小警察：这怕不行。

垢泉问：为什么？

小警察晃晃脑袋：不合规定，再说见也白搭，他交待那两张画在集上卖了，无法追回。

垢泉一时不知说什么。

小警察含笑望着他，说：以前不知道，

原来老先生是名画家啊。

坵泉不接茬，问：你们想把老邱咋样？

小警察的脸笑开了，说：看你问的，不是我们想把他咋样，而是法院，案子最终由法院判。

坵泉问：能判刑吗？

小警察说这恐怕得看案值了。

坵泉：案值？

小警察说：就是被盗的画值多少钱，依本案情况，恐怕嫌犯凶多吉少。

坵泉一惊：为啥？

小警察眼里露出崇拜的神情，说老先生的画每呎过万……

坵泉意识到这过万数字是越东报案胡写上去的，便解释：没有没有，没那么高的。

小警察说画值多少，最终得请专门鉴定师来鉴定。

听到这个，坵泉略微放了心，他心里有数，自己的画从未卖上价钱，不信鉴定师能凭空往上抬。

小警察说：很希望能得到老先生的墨宝。

垢泉回句：行。

小警察连忙道谢。

垢泉想想问：啥时能放老邱呢？

小警察说：拘留是有时限的，下一步是逮捕还是释放，还得看鉴定结果。

垢泉问：年前没问题吧？

小警察说很难讲。

垢泉有些急：可老邱一家要过年呀。

小警察眼望着垢泉说：老先生作为原告能替被告着想，难得哩。不过，案子已到分局，我们不大好操作，唯一办法让所长去找上面催……

垢泉说：我见见所长。

小警察说所长出差了，两三天回，回来给你打个电话。

垢泉默默点了下头。

小警察把垢泉送出门，在垢泉耳边悄声说句：下次来，画，给所长也带一张。

回到家，垢泉似乎有所安心，因为按小警

察所说分析，老邱不至于判刑，再请所长到上面说说，加快节奏，回家过年应当不成问题。

就在坵泉去派出所为老邱说事的当晚，章樟打来电话，耳机里声音嘈杂，一听就知是在酒场上，甚至从章樟的声音里能闻到满嘴酒气。他说现在是和报社文化部唐主任在一起。坵泉"嗯"了声，唐在搞活动时见过，但不熟，耳机变得安静，他知道章樟从房间里出来了，章樟的口吻变得神秘，说坵泉兄你有好事了。他想，是不是老邱的事说成了？似乎不像，遂问句：啥好事？章樟说在电话里一句两句说不清，要不你赶过来吧。坵泉犹豫起来，赶半截子酒场是有失身份的。那头的章樟当然会想到这个，说坵泉兄就别在意了，除了唐主任，还有北京来的一位大腕。大腕今天看到你的两幅作品，赞赏不已，想推一推你，也有些具体想法，你过来认识认识，再把事合计合计……坵泉听着听着身上不由发起热来，他明白这事确是一件"好事"，不仅对他，对任何一个尚未出头的从艺者都是梦寐以求的，机会既然来了，有什么理由拒之不受呢？

垢泉出门，打了个出租车赶到章樟所在的酒店。

进了大门，垢泉一眼便看见章樟站在大厅等他，章樟迎上前，还不同寻常地伸手与他握握，轻声说来了就好，来了就好，却不把他往房间里引，握住他的手继续说：垢泉兄难得的好机会啊，刘大师你是知道的，在画界那是一言九鼎，资源也厚，做事游刃有余。他赏识你的画，也有做回伯乐的心，就能把你成全了。垢泉问：那我该咋样说呢？章樟说你啥也不用说，喝酒，刘海量，让他喝恣了，你的任务就完成了。垢泉面呈难色说：我的酒量你是知道的……章樟打断说，别说量不量的，这非喝不可的酒，哪能不喝呢？说着拉起垢泉进到房间里。

回到家已很晚，垢泉醉得一塌糊涂，倒下便呼呼睡去，这在垢泉很少有，弄得老伴都很慌，不知到底发生了什么事。

其实垢泉也不知道，半夜醒来后，脑瓜里一片迷茫：和什么人一起喝的酒？说了些什么话？自己怎么回到家？想着想着又迷糊过去了。

再一觉就睡到窗子发亮，这是平时出门锻炼的钟点，他想起身，却行动不听指挥，身子沉沉的，动弹不得，只是脑子清亮些了，像风吹走了里面的阴霾，渐渐记起昨晚的事。对了，是一个很豪华的宴会厅，顶灯像一棵倒悬的树，谁做东？当是唐主任。主客自是坐唐右手那位穿唐装、富态、印堂发亮的京城大腕，当然没人直呼大腕，而是称刘院长或刘主编。再就是唐手下的一干记者编辑，再就是章樟……让他没想到的是他的学生越东也在场。

吃早饭，一碗小米粥下肚，垢泉完全酒消了，已能够回忆起昨晚事的经过。正如开始章樟在电话中所讲，大佬刘院长应公安局的邀请为一件涉案文物做鉴定，这中间看到派出所送去他那里的两幅画作，评价极高，说有两个想不到，一是想不到地方上竟如此藏龙卧虎，再是想不到一个有如此艺术造诣的人被冷落，不为人知。坧泉很激动也相信这位刘院长不是有意吹捧，以他的身份没有这个必要，另外从他对具体画作客观到位的评说显现出他有极高的鉴赏水平。首先，从宏观上，刘认为他的山水画呈出一种苍茫虚远的宏大境界，具古人"念天地之悠悠，独怆然而涕下"的笔意，观之让人震撼、感动；在用笔着墨上，刘认为其技法虚实相生，欲露不隐，画面墨色迷蒙，浑然沉着，自然物象或现或隐，具呈茫茫渺渺之状，颇有天地玄黄，宇宙洪荒的初始浑沌之态；特别在画作的用光上，刘更是赞不绝口，说在通篇的墨色中，忽然在或远或近或高或低出现一道或几道既现且隐的白光，这白光又像是自然山水中升腾的一股弥漫之气，灵动柔弱，漂浮不亡，匠心独运，体现出大千世界无限丰富的景象，从而完成了画家对大自然的深切观照……垓泉觉得刘是真正读懂了自己的画作。

对了，后来就说到更实质方面，即如何把他"推到中国画坛应有的位置"上去。一番议论之后，渐渐形成以刘院长与唐主任的意见为主导的操作意向：首先以这桩画作失窃案为契机，报纸网络，广而告之；然后由唐主任在他的"艺海觅珍"栏目拿出一个整版做大型专访，配发画作；再由章樟以群艺馆的名义搞一次大型画展。北京方面，刘院长也在自己的画刊做一个专栏，刊出画作以及由他本人撰写的评论，同时以画院的名义为垓泉做一个画展。当然这一切活动都要邀请地方和京城的新闻界跟踪报道……最后好像是唐主任说了句：垓泉兄行了，这遭行了，任何画家入了刘院长法眼，想不火都难哩。

垓泉想到这里，不由热血奔腾，额头上的血管突突突地跳，他担心情绪的起伏会引起中风什么的，便起身把窗子打开，一阵夹着雪花的寒风迎面扑来，把他的脸打得生疼，但他并不回避，极目远望，他看到远处那座被画过多少遍的浮山已裹上一层银装，不见本来面目。他突然觉得，此时的大山正如自己此时的处境，被遮蔽，藏而不露，而一俟春暖雪融，便会显出自己的"庐山真面目"，他庆幸自己终于要有出头之日了。

垕泉尽力压抑着心中的激越，开始铺纸作画，是送刘院长的。本来家里的存画很多，选一张满意的题上款即可。可他执意要为刘院长新画一张，一是体现自己的感激之情，另外想努力画出一张满意之作。对了，就画窗外风雪迷蒙的浮山，以泼墨画雪景堪为一绝，可尽显笔墨功夫。对了，名字就叫《雪藏》。他觉得其中的含意刘院长一定会懂的。

画为知己者作。

这时，有一个陌生电话打进来，讲起话来才对上号，原来是唐主任手下的毛记者，昨晚也在酒场，算是认识的。小毛说做专访的事唐主任交给了他，想采访一下，不知老师什么时候方便。垆泉心里不免一暖，想刚议的事，人家便雷厉风行啊。便说，我不忙，随时都行。

放下电话，学生越东兴冲冲进门，连口说恭贺老师恭贺老师。他晓得恭贺的是什么意思，没吱声。曾隐约听到越东意欲换师的传闻，似乎是与唐主任私人关系甚好的李颂，昨晚酒桌上见越东与李颂同时出现似乎就印证了这一点，他略略有些不快，遂提笔作画。

越东的兴致依然不减，说：有言塞翁失马，焉知祸福，老师的画被盗，最终倒酿成一件好事。

垆泉停下笔来，越东的话让他兀然记起丢画的事。说起来，这事一直纠结着他，为此还去派出所为老邱开脱，可这么一件重要事情怎么一下子就忘到九霄云外了呢？莫非是让昨晚的事冲昏了头脑？他不愿承认，可又不得不承认，许多事能骗得了别人却骗不了自己。

越东又说：早知道这样，当初应该将画值报得更高些才是。

坵泉问：怎么说？

越东说：明摆着嘛，案子一破，报上一登，老师的身价就扶摇直上了。

坵泉不用想也晓得越东说得很实在，可由此给老邱带来的又是什么呢？是更严厉的处罚啊。想到这他的心不由疼了一下。他看着越东说：这事，还得酌量酌量……

越东似乎猜出老师的心思，赶紧打断说：老师这事你可不能意气用事，机会难得，多少人想得还找不着茬口呢，何况咱是真丢了画，刘院长对你的画评价那么高，从真正的艺术价值上说，一呎报三万五万完全可以。

坵泉没回声，心里却泛出一种很酸楚的滋味。这滋味只有像他这般总不得志的人才体味得到。文艺界是个十分势利的地方，其状甚于官场，所以才有那么多人为出人头地而不择手段，而对于自己，虽然一直备受冷落，却从未做过有失人格的事，这也是自己可聊以自慰的地方。只是眼下，用越东的话说是"机会难得"，自己要是白白放过去，也对不住这么多年自己所受的屈辱啊！要知道，如能一步迈上这个台阶，那就……

可是，老邱……他却要给自己当垫脚石了，这成吗？老邱进去了，他家的日子咋过呢？

问题是老邱是确有过错的，干吗悄没声拿别人的画呢？画就是钱啊，不就有人把画家画画说成是印钱吗？最近有报道说张大千的一张画拍了两个亿，这画谁要偷去，是要用命去抵的。

不说什么张大千、齐白石，也不说什么潘天寿、徐悲鸿，只说自己，画了一辈子的画，虽说没画出名堂，可艺术上是货真价实的，不然又怎能入刘院长的法眼？论卖价，越东所说的三万五万并不为过的……

要按这个价码算，老邱的确不能回家过年了……

这能怪别人吗？现在不是很流行一句"人得替自己的行为负责"的话吗？可他还有个孙子，想到这儿，眼前便现出那个光着头在雪地里奔跑的小男孩……

他叹了口气，又摇了摇头，晓得自己进入了一个怪圈。

晚饭坘泉吃了几口，便撂下筷。坐在沙发上看电视，屏幕上的人动来动去，至于演的什么，一概不晓。

甚至连门铃响也未听到。

来人是老邱的老伴，让坘泉两口子着实吃了一惊，却也能猜到这女人来做什么。

果然，老邱的女人声泪俱下地替她男人告罪求饶，说："老东西"一时糊涂犯了错，打他骂他罚他都应该，可千万不能让他去坐牢。他一走，小孙子就没人养活了。

不待坘泉两口子作出反应，那女人把带来的地瓜花生芋头等农产品放在地上，然后又从怀里掏出一个大信封，双手恭恭敬敬递给圬泉，哽咽着说圬老师俺知道你的画金贵，可让"老东西"贱卖了，钱还不起，你看能不能用这顶一顶？

圬泉迟疑地接过，先看信封，上印"牟西县姜家镇完全小学校"字样，又从里面掏出那"顶一顶"之物，展开，见是两幅国画，他眼前端地一亮，随之便认真地端详起来：上面的一幅画的是山水，画名竟然就叫《山水》，一道浓黑长满林木的山梁在画面中呈S状，上接云端下接溪流，宛若一条逶迤隆起的龙身，气势壮阔，而山梁折腰处所形成的两处"留白"，更显虚中有实，无中生有，可谓自然天成。圬泉看出，画者对笔墨的运用，并不执着于中国画传统技法的规范与格式，而是以气使笔，以情运墨，挥洒自如，尽现泼墨山水的水染墨笔，具杳渺幽冥之艺术追求。另一张是一幅写意花鸟，名曰《芦雁图》，打眼一看，画中有边寿民的影子，再看又有江寒汀的踪迹，于是他就晓得画者是对大师进行了认真的习学又另辟蹊径，正如一位李姓大师所讲：用最大的功夫打进去，用最大的功夫打出去。就是说，其笔墨形式，艺术技巧，源自古人先贤，又远离其文人的儒雅、闲适与古意，彰显出现代花鸟精神，这幅《芦雁图》虚实相间，意境幽远。雁在水中栖，无水见水，芦在空中摇，无天见天。老到中见出童真，简约中见出洒脱……

看完这两幅画，坿泉默言不语，赏画他不是外行，也不存门户之见，十分可观地说，画者是一个高人，在自己熟知的圈子里当无人可及，那副泼墨山水起码是在自己之上，而那副花鸟章樟亦只能望其项背……

老邱女人迸着哭腔，小心翼翼问：老师，你看这画顶不顶得成？

坿泉心中自有答案，却不便道出，他再看看画，没见到题款，遂问：这画，谁画的？

是完小的王老师，俺儿跟他念过书，老邱女人回答，停停又说：是这么回事，那天王老师到俺村走亲戚，听说"老东西"犯了事，回去让人送过来这画……

坻泉问：这画，是……王老师画的？

老邱女人点点头。

坻泉问：王老师画画多久了？

老邱女人说：好像从小就画。

坻泉又问：老师是谁？

老邱女人摇摇头。

坻泉再问：王老师在你们那儿是不是很
有名？

老邱女人摇摇头，说：有啥个名，退休
就在家里种地，也养蚕……

坻泉问：种地？养蚕？不画画了？

老邱女人说：先得养家糊口。要是过年
过节，有人要，也画……

坻泉眼前就现出想象中的那个乡村画家
王老师：小个儿，干瘦，花白头发，清亮的
眼光透出隐隐的儒雅……

老邱女人哽咽地说：王老师是好人呐。

坻泉的心被刺了一下，想：说王老师是
好人，不就等于说自己是孬人吗？这是他所

不能接受的，在漫漫人生中，做好人不做坏人恰恰是他对自己不含糊的告诫，且努力身体力行。而唯在老邱这码事上，自己像中了邪魔般，要不是王老师的"横空出世"，或许真的就将老邱当成自己"向上"的垫脚石了。王老师在关键时刻给了自己一击，他端的有些后怕，也不胜感慨：同样是一画作，自己的与王老师的，两者竟充当了两极角色，一为加害，一为救赎。呜呼，他从未细想所谓的"艺术"，竟然会有如此迥异的面孔与心意。

垢泉长叹一声，多年压抑在胸中的积气亦一丝一丝从口中吐出，一度含糊不清的东西亦一下子变得敞亮通透……

这晚，章樟设宴为刘院长饯行，为免于尴尬他没叫垢泉参加，可话还是免不了说到，他说大伙，特别是刘院长为垢泉的一番"打造"设计，恐怕是做不下去，无功而返了。刘院长问怎么？章樟就把垢泉去公安局把他的画的画值从后面割去两个零，一万变成一百的事说了。唐主任补充说案值达不到立案标准，案子就不成立了。章樟接说：案子撤了，见不了报，原计划唐主任担纲的宣传就没了由头，没了这个由头，后面的一干事也就不能顺理成章，难做了。嗨，这个坊泉……章樟不胜惋惜，众人亦然，刘院长沉吟一下，缓缓说：其实这个结果我倒是料到了的。这话让满桌的人俱惊。眼光一齐望着他看，寻求答案。刘院长说下去：我看过他的画。一人问：看过画又怎样？刘院长说从画看出了这个结果。在座的人面面相觑。倒是唐主任笑了起来，问句：有言文如其人，当是画也如其人？刘院长说当然当然。只是这话说起来顺口，却未见得晓其真意。唐主任说愿闻其详。刘院长说本人亦学疏才浅不得要领，不妨就借用一位大师说过的话吧，他说："物在灵府，不在耳目，故得于心，应于手。"相由心生，画亦如此。

于是大家就笑，似懂非懂地点着头。

残余时间

　　副市长邓兆基也算是见过大世面的人。考察呀，观摩呀，出席会议呀，满世界飞。有比较才有鉴别：他觉得在众多国际机场中洛杉矶机场是最老旧不堪的一个，灰蒙蒙的像个大仓房。每回进出港他都在想着同一个问题：这么富的一个国家，这么知名的一个城市，怎么就舍不得拿出点儿钱建个与其相称的国际航空港呢？

　　当然，这回，十月二十五日，晚上九点，在他推着机场行李车走向韩航检理处时，他同样在想这个让他一直不能释然的问题。说起来，如此耿耿于怀，可能与他分管市建的职务心理有关。他觉得老美让人匪夷所思。

他乘坐的KE012是洛市至首尔至青岛的航班，当地时间0点10分起飞。通过多次体验，他觉得坐这个航班比由北京转青岛的国航更便捷，机上的服务也周到让人舒心，那些不会说汉语的空姐比将汉语说得呱呱却一副拒人千里之外样子的空姐更让人觉得亲切贴近，她们能让乘客感受到发自内心的关爱。

本次航班是一架空客巨无霸，办理登记手续的人很多，嘈杂如集市。不比来程，秘书小黄会帮他办好一切再送抵安检口，而返航则需亲历亲为，有些不适应。等办完行李托运他的额头沁出一层细细的汗珠。他摸出手绢擦了擦，吐出一口气来。

应该说，接下来就可以心身放松了，且可享受在免税店购物的乐趣。大凡回国的都会在登记前买些物品，比如中华烟、茅台酒、化妆品之类。国人在国外买国货应当不是出自"爱国"考虑，也不是这里的便宜，而是货真。他不用买这个，烟酒家里泛滥成灾，也不用担心有人会送假货。他穿过烟酒柜台，径直走到化妆品柜台，站下后对着货架三指两指柜台上便集满了一大堆女士用品。需要费些心思的是如何让售货员分装，一般来说，他对老婆和对小祝能做到一视同仁，不像有些同僚那般，宠爱"小朋友"歧视"老同志"，他不这样，他同样对待，只是因为年龄不同，所需的化妆品的功效有异，他要注意的只是不要"穿帮"，以免引起不必要的麻烦。

　　登机入座都很顺利。一切按部就班。当飞机关闭了舱门开始向跑道滑行时，广播里响起要求乘客关闭手机与电脑的告知，可能考虑乘这个航班的中国人多，所以除英、韩两语广播外，还有汉语。这就给像邓兆基这样不懂外语的人莫大的便利。邓兆基从兜里摸出手机，发现有一个短信记录，号码是儿子的，他并不在意，刚才就是儿子把他送到机场的，该说的都说了，打个电话无非是再道一次别，如此而已。恰这时，一个空姐从不远处笑容可掬地注视着他，用意不言自明，于是他便不按出来看了，关了机。

飞机正点起飞。尽管已过零时，舷窗外面的城市仍然灯火辉煌，有部电影叫《西雅图不眠之夜》，洛杉矶亦是。大洛杉矶地区真大呀，听说它由六百四十几个卫星城市组成。飞机飞了近半个小时，看看下面还有亮儿。

飞机升空后已不明方向，却清楚是由西向东，因航向与地球自传对冲，那么回去比来时要多出两个小时的航程。这样他觉得痛苦，尽管是商务舱，座椅再宽大也不是床铺，难以入眠。他觉得出国是百般的好，就是在飞机上睡不好觉，让他觉得美中不足。

他发现自己所在的商务舱没有满员，除了一男一女不晓是夫妻还是情侣的老美，其余都是亚裔男士。当是三个韩国人，一个日本人，和包括自己在内的两个中国人。刚入仓时，他和那位与自己年龄相仿的矮胖同胞眼光相逢时，两人都礼貌性地点点头，然后各做各的事。现在他看看这个坐在自己前排的同胞的后身，西装革履，头发染得乌黑，判断出他应当也是个出国公干的官员。他庆幸两人没坐相邻，这样省得在路途中不可避免的交谈，要晓得与陌生人说话是件很累人的事。坐在自己身旁的是那个已过不惑的日本人，他冷丁觉得与电影《平原游击队》里的那个鬼子官长得很像，瘦脸、尖下巴，眼睛骨碌碌地转。开初，这"鬼子官"表现出对他最大限度的热情，一遍一遍冲他笑，嘴里哇哩哇啦，意欲沟通，他听不懂，就是听懂也不会回应。像大多数国人一样，他对日本人历来心存芥蒂，杀了那么多中国人还一个子儿不赔偿，点头哈腰顶个屁！可能因为得不到回应，热脸对个冷屁股，"鬼子官"慢慢变得安静了。

因为飞机起飞正是午夜后，乘客稍事调整便开始休息，机舱里只有微弱的光，电视屏幕始终在播放模拟画面：本次航班正飞行在洛城与旧金山之间的海岸线，清晰而逼真。画面上方的滚动字幕为：残余时间11时26分，也就是从此时此刻到达目的地首尔所需时间，其实正确的说法应该是剩余时间11时26分。从头一次乘韩亚航班他便对"残余"两字感到诧异，觉得韩国人的翻译水平太欠水准，在汉语里，"残余"不属于时间方面的概念，且"残"字无形给人一种不祥的感觉，特别在噤若寒蝉的飞行中应有所规避。他曾将自己的这种看法讲给一个空姐，让她把他的意思转告给公司。可两年过后情况依然如故，要么空姐不当回事，要么是她的上司不当回事儿，他有些愤愤然。

正在这时，前面的矮胖同胞"啊"了一声，随即将座椅左转九十度，偏着身子对他惊呼怎么回事？怎么回事？！他愣怔了一下，矮胖同胞指着电视屏给他看，声音仍充满惊悸：飞机往回飞了！往回飞了！他赶紧抬头，果见原本已飞过旧金山的飞机在掉头回飞，这是他从未遇见过的情况，头脑立刻闪出一个不祥的判断：飞机出了故障！这判断让他惊恐不已，似乎顷刻间便难以支撑坠进苍茫大海。他哆嗦着嘴唇重复着矮胖同胞的惊愕：咋的往回飞了？！咋的往回飞了？！恰这时，有两个空姐推着小车过来送饮料，若无其事地甜笑着询问：coffee or tea？自然顾不上这个，矮胖同胞起身指着屏幕用英语向空姐询问，从神情上看两人也似乎意外，其中一个拿起舱内电话讲起话，挂了电话用英语对矮胖同胞讲，他听不懂，可从同胞变得释然的神情看出事情不具危险性，果然国人转告他的是：一位乘客得了急病，需就近返回旧金山医治。他摇头不止，虽然只是虚惊了一场，可这惊魂体验让他十分地不快，在心里骂了句操蛋。不过那矮胖同胞的情绪转变得倒快，脸上泛出欣慰的笑容，同时向他伸出手，说句幸会，我姓周，他回声我姓邓。

　　飞机降在旧金山机场。病人下机就医，飞机等待重新起飞。这是段很难熬的时间。邓兆基所在的商务仓里，除没心没肺的美国人继续睡（也许根本就没醒），其他人都显出焦躁不安的神情，他前面的同胞老周则从包里取出从免税店购买的物品把玩观赏着，聊以打发时间。他在心里琢磨老周是何许人等，从年龄、装束、体态看他应该是国家机关的厅局一级官员。再深一层，不经意间从他的眼神里透出的坚定且强蛮的气派，应当是单位的一把手。可是一般官至厅局级的领导出国都会有一干人跟随，比如自己这次赴美就是带了一个园林团，考察结束其他人如期回国，他则到洛市看望在南加州理工大学读书的儿子，这位老周当是出于相同或相近的缘故独行也莫可知。

这时，邓兆基陡地想起手机上还有一条儿子发来的信息，觉得可趁飞机还在地面时看看，便打开调出，只见上写：爸，刚接妈急电，得知你回青后组织便找你谈话，务必做好准备，切切！他全身打了个激灵，血液止流，脑子里火花样闪出"双规"二字。就在这两个可怕字眼跳出的瞬间，邓兆基感觉到胯间有一道热流涌出，尿裤子了，他知道这个也顾不上管了。毁了！全毁了！他自己对自己讲。他木然了，所有的意识都一点儿一点儿从身体中逸出，只剩一个空壳。

他兀地打个激灵，赶紧再次查看手机，发现儿子发信息的时间为23点17分，正是他办理登机手续最忙乱的一刻，由此才没有注意到。他立刻拨了儿子的电话，欲将事端确认。不通，再拨还是不通，他冒出了汗，是儿子关机睡觉了？还是手机有问题？因频繁出国办公厅特意为他配了卫星电话，一直是好用的啊，这倒底是怎么回事呀，他无从猜测，惶惑而沮丧。

他甚至都没察觉到飞机从停机坪滑向跑道。直到轰鸣声起，他才意识到飞机正重新升空。转眼望时旧金山的灯光已在舷窗下面闪烁。意识的回归让他重新陷入无尽的恐惧与痛苦中，那是翻肠绞肚的煎熬。"双规""双规"，多少人以此为起点，走上了不归路，现在轮到了自己，侥幸在冰冷的现实中坍塌，生活中的一切美好都将化为乌有。为了这美好自己曾付出过多少艰辛，遭受过多少屈辱。一切已覆水难收。

飞机重登路程，夜已很深，机舱里的乘客开始入睡，邓兆基哪里睡得着，他神经质般将目光一遍一遍投向电视屏幕，客机正飞越在太平洋腹地，这是一个让人忧心一旦遇险可是叫天天不应叫地地不灵的位置，上方打出的字幕为：残余时间8小时22分，狗日的残余时间，尚有自由身的残余时间，一旦时间归零……

一种几近绝望的情绪紧揪着他的心，几年来所担忧的结局终于猝不及防地来到面前，让他难以接受。其实危机始终是存在着的，这一点他比谁都清楚，支撑的是侥幸心理：大家都是一腚不干净，咋就会单单砸在自己头上？他想起一个朋友对他说过的一句话：世界上最可怕的事是倒霉。倒霉现在就落在自己头上，这应该无话可说。尽管心里一百个不情愿、拒斥，却不得不来面对，做鸵鸟是不成的，必须把现实接受下来，并进入问题的实际。他想，既然将自己列为"双规"对象，说明有关部门已掌握了自己的问题，那么掌握了多少？全部还是部分，还有，事情究竟是怎么败露的？是谁举报了自己？检举者又是出于什么动机？

如同应对他心理上的剧烈波动，飞机开始了颠簸，且愈来愈厉害。舱里的灯光变明亮了，响起了空姐让乘客系安全带的提示。邓兆基所在的商务舱除了那一对美国男女照睡不误外，其余都醒过来，包括前座的老周，他边系安全带边嘟囔：咋这么颠呢？声音明显透出不安，许是出于壮胆的心理，老周把座椅转向后方，与邓兆基打了个照面。邓兆基冲老周点下头，说现在正在太平洋中间，这里气流最严重，每回都这样的。老周说要是中美之间铺设铁路，我百分之百地坐火车，不坐飞机。邓兆基没回应，心里却是赞同的，谁都晓得飞行中的颠簸是不可避免，且不会酿成事故，但在心理上却难免受压迫，不怕一万就怕万一嘛。所以那个影视大腕"葛大爷"就坚决不坐飞机嘛，这时只听老周说老邓你别不在乎，还是系上安全带吧。他怔了一下，方意识到自己把这事忽略了，怎么会这样呢？他兀自不解。他又想到刚才对飞机的颠簸完全没有恐慌心理，以前可不是这样，只要一颠簸心就提到嗓子眼儿。他的心兀地一沉，端的把事情想明白了："死猪不怕开水烫"，现在自己就是一头待宰的猪，死了都无所谓。他甚至想就算飞机出事，从某种意义上说倒是成全了自己，得以解脱，身败名不裂，免于审判，自己的家人，当然还有小祝，就可免于伤害和冲击……此时此刻，他终于能够理解那些破产者选择自杀的勇气所在。

老周又给了他一个后脑勺。

他再次把目光投向电视屏幕：客机仍身在太平洋中间。残余时间四小时二十分。他陡然醒悟：不对。这是到达首尔机场的时间，加上在回程换机以及从首尔飞到青岛的空程，还需要增加四个多小时，就是说自己的自由身会延长四个小时，总共八个小时，这一发现不免让他心里窃喜，可转念一想，即使能苟延残喘更长些，却没有任何实际意义，该怎样还会怎样。唯一的变数是能在韩国逗留，寻求政治庇护，但这又是完全不可能的，自己在经济上犯事，与政治沾不上一点儿边……

且慢！如果一定挂拉政治，也不是没有说词的，比如自己职务上的升迁，年初，赵市长"到点"，改任人大副主任，以自己的年龄、政绩论，是最合适的接替者，可上级最终选择了大肚子景副市长，明显不合理。说轻了是政治歧视，说重了就是政治迫害……

……可这样的理由怎么能讲得出口呢？难道让韩国人来决断中国官场的一干糗事？当然不可能的。

留韩避难是荒唐的想法，是自己乱了方寸才产生这完全离谱的想法，韩国不是美国，如果能在登记前看到儿子发来的信息，倒可以留在美国。现在的情况是即使你有天大的本事，也不能让飞机掉头飞回去了，就算乘客中又有人生病，也只能就近直飞首尔，首尔已遥遥在望。

九九归一，回国受审是板上钉钉的事，是条唯一的路。老婆让自己做好准备，不是别的，是如何加以应对，减轻处罚。

一位空姐悄悄走来朝他莞尔一笑，问：coffeor or tea？他说咖啡。空姐给他倒了咖啡，对他再笑一下，转身离去。望着空姐的背影，他冷丁想起小祝。两人长得并不相像，可他就是联想到小祝，同时想到与小祝在一起享受欢乐时光那一幕幕，俱往矣，他的心猛然一痛。

由小祝他又想到老婆姜敏，心中顿生不快，有一种怨恨的情绪升腾而起，不是因为她传递的信息太晚，可以肯定地说她是在得知后第一时间通知儿子，问题不在这里，而是自己最终走上绝地姜敏是推波助澜的人。在她眼里，钱财比丈夫的前程更重要。自己的恩人加伯乐的前任市委书记，后来调任省人大副主任的冯老，那天当着他夫妻的面征求他想去文教口还是城建口，不待他开口，姜敏赶紧回句城建口。冯老皱皱眉，不过后来还是让他去了城建干局长兼书记。他自是晓得姜敏代他选择的用心所在，当时他十分反感，在心里发誓要当清官绝不走歪路，然而后来他终是没能守住自己的誓言，收了第一笔。回想起来，那简直是一场攻与守的战争，姜敏是对方的生力军，联合起来向自己发起进攻。一堵墙塌了第一块砖，很快就一块一块塌下来，任什么也阻挡不住的，本来最亲的人把自己往绝路上推，可谓是大私灭亲了，所以他一直对姜敏心有怨怼，直到后来遇见小祝，好上了，自己对姜敏非但没有负疚感，倒有一种报复的痛快。心想，你个姜敏不是喜欢钱么，那就和钱一块儿过吧，咱各得其所谁也不欠谁。而此时此刻，他倒对小祝有种负疚感。小祝为了自己一直不谈婚论嫁，也没有取而代之的企图，甚至也不想从自己身上捞钱。这种反常一直令他不解，小祝不为这不为那，倒底又是为了什么？爱情？自己一个半老头子且貌不惊人，能让一个如花似玉的年轻女子产生爱情？他觉得可疑。当是为了解开心中这个谜团，今年小祝过生日他送她一个卡，小祝不接，当时他心里打了一个怔，想莫非是小祝对这钱的来路有所质疑？何况他也知道这种心存警惕的质疑是正常心理，多少"女人"由于收受了"对方"来路不明的钱财在该人犯事后受到挂连，弄得狼狈不堪。可是他自己清楚，他给小祝的这个卡是一笔不会涉案的干净钱。三年里他的两位老人相继去世，在县城里留了一座空屋，他委托堂兄替他卖了，钱如数打进了这个卡。他觉得如果小祝确是为钱的来路担忧，足以证明她是个好姑娘。那么多人却是见钱眼开来者不拒的。基于这种心情，他觉得更应该让小祝收下来。于是他再次把卡递向小祝，说句：你不接咱们的事到此为止，小祝笑问这么严重？他说是。小祝问送我钱做啥？他说你总得有一个自己的窝呀。小祝没吱声，后晃晃脑袋说卡我收下，可密码先不要告诉我，一旦改了主意可以收回，当时他笑了，笑着笑着眼里就有了泪，怕小祝看见，赶紧去了洗手间。当时的一幕他至今记得清晰。他很后悔当时依了她，没说出密码，事到如今，再见面已无可能，她对自己的付出最终落得个颗粒无收。想到这儿，他觉得甚是愧对小祝。

危难之际顾不上什么男女私情，他开始考虑自己的"后事"，这自不是个新问题，当看到儿子那个"不妙"的信息后他就在思谋这个问题：东窗事发，自己会受到怎样的惩罚，死刑应该不至于，判无期的可能性也不大，应该在十年至二十年之间。这对于人的一生而言不可谓不漫长。如果仍"行走"在官场，二十年滋滋润润优哉游哉一晃就过去了，多少离退休的人都发出"人生如白驹过隙"的感叹，可要是待在监狱中那就漫长难熬了。当然或许会有转机，比如运作个"保外就医"应该没问题，满打满算，在里面顶多待个三年五载，出来头一件事就是与姜敏离婚，离开这骚娘们儿！

"咔嗒！"一束白光射进舱内，是那"鬼子兵"拉开了舷窗挡光板。哦，天快亮了。邓兆基神经质地抬头。客机正指向日本列岛，残余时间为两小时十一分，他的心又揪了一下，剩下的时间委实不多，人最痛苦莫过于知道一步步迈向悬崖却不得驻足。如果时间能够停止，他宁可永远待在这架不落的客机上。

一束光像一个信号，一个指令，咔嗒，咔嗒，舱内窗遮板陆续被提起，晨光从不同角度照进来，原先的寂静也变得喧嚣，乘客蜂拥上洗手间，老周回来后问句老邓睡得好吗？他说不好。老周说睡不着很痛苦。他"啊啊"着，心想操蛋的是应该倒过来：很痛苦，睡不着。

空姐送来了早餐，韩亚的餐饮是西餐与韩餐两种，提前预定，他订的是西餐。想到有可能是今生在飞机上吃的最后一餐，他便没有一点儿胃口。却发现老周正挽起袖子大享韩国餐，风卷残云一会儿便吃光。当是睡好吃好换来好心情，他把座椅转过来面对着邓兆基，从西装口袋里摸出一张名片，说以后要到我那儿一定找我。他说一定一定，看过名片，知老周是南牟市市委书记兼人大主任。南牟是省内一个大市里的小市，小市也是市，作为一把手那是手眼通天的，他心里兀地蹦出一个念头：这遭说不定能让他帮点儿什么忙啊，刚要掏名片，又觉不妥，遂说句对不起没有名片了，反正有你的电话，我会主动联系你。老周一笑说没问题。

饭后，空姐送来了咖啡和茶。

老周并没有把座椅转回去，似乎想与邓兆基攀谈以打发"残余时间"。他缓缓咂了口茶，问：老邓你是做什么工作的呢？邓兆基说教师。他并没有说谎，从政之前他是市郊一所中学的语文教师。在时任市委文教书记的冯老去学校视察后，他的命运发生改变，走上仕途，被提拔为副校长，不久又升为正校长。这有些不合常规的升迁把他自己都弄懵了。冯老是伯乐，问题是许多同事各方面都比自己优秀，冯老偏认定自己是黑马。后来还是冯老的秘书小庄无意中透露出其中的蹊跷：他的长相特像冯老那个在车祸中丧生的独子，那次视察冯老在看到他那一瞬简直惊呆了，也就记下了邓兆基三个字。邓兆基得知这一信息可谓是又惊又喜，想不到爹娘给的这张脸竟成了踏入官场的通行证。他想既然冯老将对儿子的深爱寄托在自己身上，那么便不应让冯老失望，所以后来每逢父亲节母亲节他都要登门探望，带些并不贵重却能显示是孝敬长辈的礼品。冯老夫妇并不把事说破，却也心照不宣地予以接受。由此下来，他与冯老之间便形成一种诡异无比的关系。不言而喻，这关系让他在仕途中一步一个脚印走到今天，要不是冯老后来调走，肯定不会出现现在面临翻船的局面。他叹了口气，问老周道：当一把手很忙吧？老周说忙，除了党委还有人大这块，而且政府、政协工作的大事也须拍板。他明知故问：公安司法方面也过问？老周说可不是，只兴不出案子。他问也包括经济方面的案子？老周说经济案子也是案子，更挠头，搞不好就捅娄子，前些日子我们把交通局长"双规"了，立即组织突审，他吓懵了，竹筒倒豆子，全部交代。这时省里的一个大头头来电话询问情况。邓兆基听得汗毛倒竖，急切地问后来呢？老周说落下白纸黑字，只能移交司法。他问那大头头？老周说不高兴是铁定的了，人家本来要提拔的人叫咱双规了，把事弄拧巴了。咳，这是一个教训，搞啥子突审，缓缓再说嘛。可谓说者无意听者有心，邓兆基虽说是市级官员，却并不熟悉司法方面的事，如今大祸临头，必须全力自救。他试探着说人人觉得官场风光，却不知要担负很大的风险。老周一笑说，所以还是像你这样当一名普通教育工作者就很好，撑不死、饿不着，一辈子平平安安……老周的话不由让邓兆基打个怔，可不是的，若自己一直留在学校，现在不就什么事没有了么？自然，这么说为时已晚。他说只是没长前后眼……老周打断说这不对，不看自己看别人，没吃死羊肉还没见活羊走？他问那是为啥？老周说有句话叫人在江湖身不由己，官场也是江湖，同样身不由己。他问咋的身不由己？老周一笑说，只因你未身在其中，便不晓内里，新官上任，想的都是好好干，别出事，特谨小慎微，可时间一长就把握不住自己了。他故作幼稚地问：为什么呢？老周莞尔一笑，说只为当官的也是人。老周的话着实让邓兆基惊了一跳，曾有句"领导也是人"的话广为流传，是对领导人犯错误的一种开脱说词，可这话由身为领导者的老周嘴里讲出来，听起来就有些意味深长了。假如一句"也是人"就能堂而皇之地为自己的过错开罪，那无论做什么都是无须顾忌的。老周又说，是人就有念想，各种各样的念想，没有例外。他问没例外？老周反问句，你说人世间有圣人么？他不知道怎么回答，只知道自己不是。老周说没有，要有，圣人一定是塑在庙里，只因不吃不喝无欲无求，才金身不败嘛。邓兆基简直是瞠目结舌了，却晓得老周说的是心里话，之所以能无所顾忌袒露胸膛是因为他们是萍水相逢的"路人"。可问题不在这里，自己也是"圈里人"，哪怕此刻已经成了准犯人，也是不敢用一句"也是人"来为自己辩护的呀。老周意识的怪异让他感到匪夷所思，这时他陡然想到这些年十分盛行的"金屋藏娇"现象，这个问题既困扰着局内人也困扰着局外人，他想听听老周有什么高见，便向他询问。老周说道：这其实不应成为一个问题，答案明确，人也是动物，看似"人物"实则"动物"。他说男人成了"动物"可对发妻不公啊。老周哼了声说：有啥不公的，上帝把雄性造成这副德行有什么办法，据一位外国专家的观察，公牛不与曾交配过的母牛再来第二回，公鸡一生差不多要和四十一只以上的母鸡"上身"，至于人，男人同样具有喜新厌旧的本能，这就是天地造化，也是女人必须接受的一种宿命。邓兆基只听得瞪眼，心想如果老周的这套理论能有效抚慰被遗弃怨妇们的心，那对整个社会的"维稳"功莫大焉，只是女人们未必买账。他陷入沉思，他觉得尽管自己做孬事都有份儿，可毕竟知错认账，而老周不同，他理直气壮，对所有的不良行为都能找到其合法性。老周成了"精"。

老周把座椅转了回去，他望着他那乌黑的圆头顶像望着一个怪物般心惊肉跳，他把气一丝一丝地吐出来。抬头看看，客机已经从日本本岛穿过，直指韩国海岸线，残余时间为一小时零三分，不知怎的，那个被他否定的念头再次从头脑中跳出：滞留韩国可不可以？可不可以？可不可以？

这个问题一直持续到飞机在首尔机场落地。

从舷窗看出去的机场正被晨曦所弥漫。早班航班停在停机坪蠢蠢欲动。他陡地发现

其中有一架美国航空公司的客机，那一刹
枉念又一次升上心头：要是能乘上这架飞
机返回美国，那该多好。美国真是个不可思
议的国度，既从中国吸纳精英，同时也藏污
纳垢。痴心妄想换来的自然是万分沮丧。下
飞机时，他像被人押解着的行尸走肉，直到
登上换乘的飞机。找到座位后他四下寻觅老
周，看见老周在后面四五排，趁老周转身时
他招招手，老周也对他打招呼。他惦记着老
周，还是觉得会有事情让他帮忙。

　　载他回国的是中国民航航班，坐下后便
有种身陷囹圄的感觉。这确是个无须看守的
飞行监室，只待两小时后飞机落地便会移交
出去给戴上铐子。他心里充满了绝望，却也
明白要利用这个空档进行自救，最关键的是
飞机落地之后。他算了算，从降落到走下舷
梯（抓捕人员一般都等候在这里）大约是一
刻钟时间，必须要在这有限的时间内亡羊补
牢，与必须联络的人联络，首先是冯老，不
是父亲胜似父亲的冯老，告知自己刚从美国

回来，给他带了些保健品（是事实）很快送过去，如他已得知自己处境险恶，会婉言拒绝，这便是信号，那就要恳求他帮帮自己，是他把自己托到"树上"，要跌下来时还需要他把自己接住，相信他会这么做的，已经失去了一个儿子他肯定不情愿再失去另一个。接下来要联络的是苗总、郁总和孔董、苟董，这些年他们变着法对自己"表示"，现在得立马归还，当然归还的不是现钱而是借条，借条早已写好，搁在家里姜敏知道的地方，只要接了他的电话，姜敏会知道怎么去做。只要这几笔"大数"解脱掉干系，其余无大碍，前提还是冯老出面，他会这么做的，除亲情的因素外还因为他没把柄在自己手里，在当上副市长的第二年，姜敏曾登门送去一个"大额卡"表达谢意，冯老一怒之下把她轰出了门。冯老是个清白之人，以老领导的名义帮他可无所顾忌。所谓"借条"都晓得是怎么回事，上面想较真儿，会戳穿，不想较真儿，便会借此放你一马。冯老的作用就是放马归山，当然还得看是不是有人存心把自己往死里整，这么想脑子里跳出一个人来——常委、常务副市长关某人，若早知道有今天，当初就该放弃与他的竞争。其实一开始自己就清楚不是"马超"的对手，自己的后台冯老已调到省里，鞭长莫及，而关某人的后台是现任市长，一件本来可以拎得清的事没能拎清，可见自己的道行尚浅，他断定如果有人对他落井下石，那就是关某人。

转念一想：何不让姜敏给关打个电话，就说自己在美国给他夫人和女儿买了化妆品（把准备给姜敏和小祝的都奉献出来），等上班带给他，这有些反常的举动关会明白自己对他举起了白旗，当会心生怜悯，放他一马。

他长长吁了一口气。

还有，还有什么？还有什么？对了，准备好手机。

说起来，邓兆基还是个守规则的人，他把手机擎在手里，急切地等候，在听到飞机轮子与跑道的撞击声立即开机，他先拨冯老的电话，通了，可很快又没了声音，他一怔，再拨，这回完全没有声音，他狐疑地看看机屏，发现一片黑，是没电了，那一刻，他像被电击中，心在哀嚎：老天灭我！老天灭我呀！这种情况平常人人都会遇到，可此时摊在邓兆基身上，就真算得上是致命一击了……

邓兆基瘫坐在座位上，脑子里一片空白，直到舱门打开，乘客鱼贯下机，他才回到现实，现实残酷，让他绝望无奈他摇头不已，他妈妈的一路上绞尽脑汁的盘算全付诸东流，"自救"宣告失败，一切已不可逆转。当清楚了这个，他反而能够客观公正地看待这件事情：自己酿成的苦果只能吞进肚里去，何况本来就知道敛财有风险还一错到底，又有啥话可讲？只能按倒霉处理了！

老邓，你咋的了，脸色这么难看，病了？邓兆基一怔，从遐想里回过神，见是老周拖着手提箱从后面走来，这时他才看清，舱内的乘客已经寥寥无几。

没啥没啥，他慌乱地搭讪，站起身取下行李箱，随老周往舱门外走。当走到廊桥时他头脑灵光一闪，冲走在前面的老周说：周书记能用用你的电话吗？我的没电了。老周慢下来，从兜里掏出手机，递给他，调侃句：到家了，向老婆报道？他顾不上啰嗦，立刻拨了冯老的电话，操蛋，没人接，平常一打就通，怎的愈急愈出状况呢？他不敢耽搁赶紧拨了自家电话，占线，他简直怒不可遏了，在心里大骂：臭娘们真不知死活，火烧房子了还煲电话粥？赶紧又换拨姜敏的手机，关机。他绝望了，其实他知道姜敏只要在家手机就关掉。他血冲头顶，擎手机的手直打哆嗦，这两个电话打不通便意味着刚刚升起的希望又破灭，没有一点办法了。这时他看见老周在廊桥拐弯处面向他招手，他晓得自己绝无回天之力了。看来这就是自己的命，命无法抗拒，只有接受下来了。退一步说，毕竟已经把儿子送出去了，读书的费用也不成问题，至于姜敏，她对这一天或许早有心理准备，所以一切都不用为她操心，她会活得滋润。他定了定神，也就在这时，他的眼前油然现出一张甜笑着的秀脸，那是小祝，他的心用力一跳，随之一种难以言尽的情愫在心中荡漾开来，眼顿时有些湿，他向前面的老周示意稍等，便立刻给小祝拟短信，随着手指在键盘上疾速的跳动，一行字便现于屏幕之上：小祝，祝你生日快乐。老邓。他眼望着这行字，看看，再看看，然后按下发射健，就像了结了一桩重大夙愿那般长吁了一口气。他心里明白：即使小祝再单纯，在生日过去很久之后，"老邓"又一次祝生日快乐，她当会晓开这其中的玄机：自己生日的数字就是那"一个数"大卡的密码，是的，她会晓开，一定。

接下来，他追上老周，还了手机也道了谢，后颇为不解地问句：老周你也没急事，干吗这么急活活地奔呢？老周说咋没急事？我得快马加鞭赶回去，上面正等在那儿要和我谈话哩。谈话？！邓兆基一惊：双规？！

老周莞尔一笑：啥个双规？是升职。下一步会到大市里干副职。他"啊啊"了两声。老周又说：老邓，我先走一步，再见再见。

邓兆基却停下脚，望着前面老周急匆匆远去的背影，他的心像一扇陡然推开的窗，豁然一亮，想上级领导找自己谈话，除了"双规"之外，还应该有另外一种可能，就是像老周那样对自己进行升职前的例行谈话。意识到这一层，一直压抑在胸里的那口积气一丝一丝从他的七窍中透了出来，他于绝境中看到一线生机，自己会安然无恙。老周能，为什么自己就不能？他一下子记起那次借去省城开会的机会去看望冯老，谈到自己在市里的处境，特别谈到有关某人压着，自己便无出头之日，冯老轻轻一笑说，有什么可泄气的，出水才看两腿泥哩。他想莫非那时冯老便已替自己运作了？当然，他也清醒，在双规没有被完全排除之前，自己便不能彻底得到解脱。这要看自己的命，而可怕的是命运的答案很快就会呈现于他面前：如果在廊桥尽头等候他的是秘书小黄，那自己就算逢凶化吉，假若是几个不认识的人，那就是在劫难逃了……是这样，一定是这样的。

上天保佑，他深深地吐出一口气，然后屏声顿息向廊桥拐角处一步一步挨过去……